Kate W. Lawson

Mon loup indomptable

Traduit de l'anglais par Isabelle Szatkowska

À ma mère, pour ses précieux conseils.
À mon mari dévoué, pour supporter au quotidien
mes lubies d'auteure en herbe.

1

« *C'est la belle nuit de Noël. La neige étend son manteau blanc, et les yeux levés vers le ciel, à genoux, les petits enfants, avant de fermer les paupières, font une dernière prière. Petit papa Noël [...]* ». C'était la chanson qui passait en boucle depuis plus de deux heures sur l'une des stations radio les plus suivies du pays. Cette chanson si mythique qui a ce pouvoir de réveiller l'enfant qui sommeille en chaque adulte. Ce soir de Noël, la ville dorée était aux couleurs de la fête. Des guirlandes, des jeux de lumière sans oublier les sapins de Noël étaient partout. Les gratte-ciels brillaient de mille couleurs et tout était prêt pour que le lendemain soit le plus beau Noël pour tous les habitants de cette ville. Le sud de la ville connaissait une ambiance beaucoup plus festive. Cette veille de Noël, des enfants passaient de maison en maison pour souhaiter un joyeux Noël à leur voisin et profitaient de ce moment pour les inviter à venir déjeuner chez eux le lendemain. On se croirait encore dans les années 60 où l'ambiance entre voisins était conviviale, où les voisins se connaissaient entre eux et partageaient de bons moments ensemble. Néanmoins, nous étions en 2019, une année où les choses avaient évolué et où chacun avait plus l'air de s'occuper de ses affaires.

Tom, Matt et Rob, trois frères de la famille Williams venaient de toquer à la porte de la nouvelle voisine qui venait de s'installer il y a quelques semaines. La voisine, très discrète, n'avait pas l'air de vouloir fêter Noël. En effet, elle n'avait aucune décoration sur sa porte et l'intérieur de son appartement ne laissait entrevoir aucune ambiance festive. Bien au contraire, il y faisait sombre et les petites variations de lumière qui s'y dégageait semblaient être celles d'un poste téléviseur.

- Nous tapons à sa porte ? Ou pensez-vous que nous devrions aller dans l'appartement qui suit ? Demanda Rob qui sentit que quelque chose n'allait pas avec la femme qui vivait dans l'appartement 269.
- Toquons et attendons pour voir. Peut-être qu'elle n'a pas pu se faire livrer ses décorations. Suggéra Tom.
- Je ne crois pas. Répondit Rob devant Matt qui ne savait quoi dire.

Finalement, Matt s'avança et toqua à la porte. Après trois tentatives, la porte ne s'ouvrit toujours pas. Les enfants en déduisaient donc que celle qui habitait là était bien trop occupée pour leur accorder du temps.

À l'intérieur de l'appartement 269 vivait Leila Miller, une jeune femme de vingt-six ans qui avait horreur de Noël contrairement à plusieurs millions de personnes à travers le monde. En effet, le 25 décembre était le jour qu'elle détestait le plus dans les trois-cent-soixante-cinq jours que pouvait contenir une année. Cette haine envers cette fête était encore plus forte cette année. En effet, il y avait très exactement dix-huit ans de cela, la petite Leila n'avait que huit ans. Elle était jeune, mignonne, pleine de vie et la fête de Noël était sa fête préférée. Avant que tout ne bascule, Noël était pour elle, l'occasion de revoir ses frères partis à l'université pour étudier. C'était l'occasion de passer un moment en famille et de rigoler avant que le lendemain chacun ne rejoigne ses occupations. Ce Noël d'il y a dix-huit ans était particulier, car très tôt le matin, la petite Leila se leva de son lit, fit un sprint vers la salle de bain afin de se rincer le visage et surtout attacher ses cheveux bruns qui débordaient. Elle descendit ensuite les escaliers en courant et surtout en riant, car elle était consciente qu'un cadeau l'attendait au pied du géant sapin qu'elle avait aidé son père à choisir quelques jours plus tôt. Sous ce sapin de Noël qui brillait de mille couleurs, la jeune fille vit ses cadeaux, mais elle ne voulait pas les ouvrir sans son frère Gregory qu'elle aimait tant. Leila fit donc demi-tour afin d'aller réveiller son grand frère.

Dès qu'elle ouvrit la chambre de ce dernier, la première des choses qu'elle vit était les chaussures rouges que Gregory avait à ses pieds la veille. Les chaussures étaient suspendues dans le vide et surtout, elles étaient toujours aux pieds de son frère. En levant le regard un peu plus vers le haut, elle vit son frère qui bougeait à peine dans ce vide. Il n'avait pas l'air de se débattre et son visage pâle n'inspirait rien de bon. Leila, sans réfléchir, se mit à hurler de toutes ses forces pour alerter toute la maison. Au même moment, ses yeux commençaient par s'alourdir laissant échapper des larmes. En réalité, malgré son jeune âge, Leila savait ce qui se passait. Elle savait qu'elle n'allait plus jamais revoir son frère et que le souvenir le plus marquant qu'elle gardera de lui serait son corps dans le vide, maintenu par une corde bleue. Gregor s'était suicidé. De ce fait, tous les Noëls qui ont suivi ont réveillé ce sentiment, ces émotions et tous ces souvenirs. Des fois, elle aurait souhaité qu'on lui arrache ces souvenirs de la mémoire afin qu'elle ne puisse plus s'en rappeler. Pour elle, Noël représentait juste vingt-quatre longues heures de torture.

Le lendemain de Noël, la jeune femme était déjà prête pour attaquer une nouvelle journée de travail. Elle était gonflée à bloc et prête à en découdre avec les criminels qui allaient se retrouver sur son chemin dans les prochaines heures. En effet, Leila était une policière très brillante, ce qui faisait qu'elle était appréciée par tous les agents du poste de police. Elle avait un sens de déduction qui lui permettait de voir que quelque chose clochait dans une situation au moment où les autres ne voyaient rien du tout. D'ailleurs, Grace Truman, sa coéquipière l'avait toujours félicité pour ce sens. Vêtue d'un pantalon, d'un tee-shirt noir, de sa veste en cuir de couleur noire et avec son arme à sa ceinture, Leila entra dans le poste de police avec son air de dure à cuir ne laissant paraître aucune émotion.

- Nous te connaissons tous ici et ton air de dure à cuire ne fait plus vraiment effet. Dit l'un des collègues de la jeune fille dans le but de lui arracher le sourire.
- Il a raison. Dit un autre.

Leila avait toujours sa mine serrée jusqu'à rencontrer Grace.

- Ils sont toujours si lourds, ces policiers ? Demanda Leila à sa coéquipière en faisant allusion aux deux policiers qui venaient de l'aborder.
- Oui, je crois.

Après quelques secondes de silence, Grace reprit la parole.

- Alors, Noël, c'était comment chez toi, ma grande ?
- Oh, ne m'en parle pas. Dit Leila en allant s'asseoir sur sa chaise.
- Alors qu'est-ce que tu as fait hier ? Je t'ai appelé, mais ton numéro ne passait pas. Moi, j'étais allé au nord de la ville pour rendre visite à mes parents, sinon je serais venue chez toi. Dit Grace.
- Comme si tu connaissais chez moi. Tu ne connais pas chez moi. Comment aurais-tu fait pour venir ?

- Ah, cela fait plus de six mois que nous travaillons ensemble, mais je ne connais toujours pas chez toi. Alors tu as passé ton Noël comment ? Jusqu'à ce que tu éteignes ton téléphone, cela a dû être intense. Dit Grace en s'asseyant sur sa chaise qui se trouvait juste en face de Leila.

- Je ne fête pas Noël. Ce n'est pas une fête pour moi. Et si on revenait à ce pour quoi nous sommes payés ? C'est-à-dire résoudre des enquêtes ? Alors tu as évolué ? Quelles sont les nouveautés sur l'enquête du vol de bijoux ?

- Tu prends vraiment du plaisir à saper mes moments de joie. Dit Grace en tendant un dossier à sa coéquipière.

- Qu'est-ce que c'est que ce dossier ? Demanda Leila en l'ouvrant.

- Le fourgon qui a servi lors de ce vol a été localisé quelques jours plus tôt dans un entrepôt qui appartient à ce bel homme et « très célibataire » se trouvant sur la photo.

Leila prit la photo et regarda celui que Grace qualifiait de bel homme. En effet, la photo était prise devant un immeuble luxueux et sur cette image se trouvait un homme vu de profil, habillé d'une chemise blanche et qui avait à son poignet une montre qui devait coûter le prix d'un appartement en plein centre-ville.

- C'est qui sur la photo ? Demanda Leila.

L'homme sur la photo n'était personne d'autre

que Elliot Sheniven, un homme d'affaires très riche, mais surtout très puissant qui s'est installé dans la cité dorée depuis quelques années. À le voir, on avait la nette impression qu'il trempait dans des affaires louches. Son regard avait l'air de narguer tous ceux qui le regardaient. À première vue, Leila le détestait déjà. D'ailleurs, la jeune femme avait toujours eu à détester les personnes riches qui se prenaient pour les rois du monde.

- Vous avez interrogé cet homme ? Demanda Leila en redonnant le dossier à Grace.
- Non, je n'attendais que toi pour y aller.

Les deux policières entraient dans le véhicule de patrouille et se dirigeaient vers la maison de l'homme mystérieux. Sur le chemin, Leila semblait évasive. Elle regardait au travers de la vitre le paysage de la ville dorée qui était parsemé de maisons, de bureaux, d'arbres et autres. La jeune fille repensait toujours à son frère et seul le boulot arrivait à la défaire de ces pensées qui avaient l'air de vouloir prendre le dessus.

Une fois devant la somptueuse villa de l'homme d'affaires, les deux policières étaient d'accord pour dire que cette maison était belle.

- Même si nous mettons de côté la totalité de notre salaire durant les trente prochaines années, on ne peut pas s'offrir cela. Dit Leila.
- Oui, nos deux salaires combinés et sur trente ans. Cet homme fait quoi réellement dans la vie ?
- C'est un homme d'affaires. Pour ne pas dire trafiquant d'armes, de filles, de drogue,

d'information et autres. Tu vois un peu le schéma ? Les activités louches de tous genres.

Les deux coéquipières sonnèrent et une vieille dame très chaleureuse vint leur ouvrir, leur demandant poliment d'entrer et d'attendre sur la terrasse. Face à cette gentillesse de celle qui semblait être la gouvernante de la maison, Leila et Grace ne pouvaient qu'obtempérer. Après une dizaine de minutes sans que le propriétaire de la baraque ne vienne à leur rencontre, les deux jeunes femmes commencèrent par s'impatienter. Mais cela ne dura pas bien longtemps, car elles commencèrent par entendre un bruit semblable à celui d'un claquement de chaussures contre le sol. Ce bruit était si rythmé qu'on aurait dit le début d'une chanson de salsa des années 80. Après quelques secondes, Elliot Sheniven, le propriétaire de la maison fit son apparition dans un costume noir sur mesure qui avait presque l'air de briller. Tout brillait sur lui. Que cela soit sa chaussure, sa montre, la boucle de sa ceinture, absolument tout.

- Bonjour mesdames. Je suis Elliot Sheniven. Que puis-je pour vous ? Demanda l'homme d'une voix calme et surtout douce tout en tendant la maison aux deux dames.

2

Il était encore plus séduisant en vrai que sur la photo.
Il avait l'air très confiant et dégageait une certaine
assurance.

-   Grace Truman et Leila Miller. Nous sommes
    sur une enquête et nous avons des raisons de
    penser que vous êtes impliqué d'une manière
    ou d'une autre. Dit Grace.

-   Pouvez-vous m'en dire plus ? Je ne
    comprends pas. D'abord, suivez-moi pour que
    l'on puisse s'asseoir et se mettre à l'aise.
    Proposa le bel apollon en costume cravate.

Les deux dames ne se firent pas prier pour suivre
le riche homme d'affaires. Une fois dans la salle de
séjour, le niveau de confort avait l'air démentiel.
Encore une fois, tout avait l'air de briller. Dans cette
pièce se trouvait une grande télévision, un aquarium
avec plusieurs variétés de poisson ainsi qu'une
collection de tableaux d'une valeur inestimable. Tout
cela était sans compter le bar qui a été aménagé de

l'autre côté de la pièce.

- Que faites-vous dans la vie ? Demanda Leila en jetant rapidement un coup d'œil à sa coéquipière.
- Je suis dans les investissements. Répondit Elliot, ce qui fit sourire Leila. Alors, vous allez boire quelque chose ? Je vous sers un cocktail, du jus de fruits, de l'eau ou autre ? Finit-il par ajouter.
- Non monsieur, nous ne sommes pas venus ici pour nous amuser.
- J'ai l'impression que vous ne vous êtes jamais amusé à voir la tête que vous faites. Je vais vous dire quelque chose. Commençait par dire Elliot en s'avançant dans le canapé dans lequel il était assis. J'ai une bouteille de quatre-vingt-neuf ans d'âge dans ma cave et elle n'attendait que de si charmantes compagnies pour être ouverte. Alors que diriez-vous si l'on en profitait ?
- Oh, ne vous gênez pas. Vous allez l'ouvrir à une autre occasion. Pour l'instant, contentez-vous de répondre à nos questions. Dit Leila qui se montrait très sèche avec le riche homme d'affaires.
- D'abord, vos questions vont se solder par une connerie du genre « Nous allons vous tenir informé de la suite de l'enquête. Veuillez vous tenir à notre disposition ». Ensuite, en ce qui

concerne ce vin rare dont je vous parlais, j'en ai une grande caisse, ce qui veut dire que boire une seule bouteille serait presque insignifiant. Enfin, jusque là, je n'ai pas encore entendu de questions de votre part en ce qui concerne votre soi-disant enquête.

Leila avait l'air très agacée par l'arrogance de cet homme qui se trouvait devant elle, mais elle ne pouvait rien faire. Après quelques secondes, Grace reprit la parole.

- Il y a quelques jours, un braquage a été effectué dans le centre-ville. Dans nos enquêtes, nous avons découvert que le fourgon utilisé pour ce braquage vous appartient. Alors que faisait votre fourgon sur un lieu de braquage ? Demanda Grace.

- Ah, un fourgon blanc, sans aucune écriture. Je ne sais pas vraiment quel modèle c'est, mais tout ce dont je me souviens c'est qu'il était blanc comme neige. N'est-ce pas ?

- Oui. Répondit Grace.

- On me l'a volé récemment.

- C'est facile de dire cela. Avez-vous déclaré ce vol ? Demanda Leila.

Après quelques secondes, Elliot posa ses yeux verts sur Grace.

- Votre coéquipière, j'ai l'impression qu'elle a quelque chose contre moi.

- Répondez à sa question s'il vous plaît, Monsieur Sheniven.

- Non, j'ai plusieurs fourgons à mon nom en ville. C'est avec eux que je fais certaines de mes affaires qui d'ailleurs ne concernent pas la police. L'un de mes gars viendra déclarer le vol de mon fourgon dans les prochaines heures. Avez-vous d'autres questions ?
- Non, mais restez à notre… Commençait par dire Leila avant de se faire interrompre par Elliot qui levait l'index de sa main gauche vers le ciel.
- Avant que vous ne récitiez la scène finale, j'ai quelques questions pour vous.
- C'est nous qui posons les questions ici, pas l'inverse. Commençait par dire Leila avant de se faire interrompre par Grace.
- Allez-y. Dit Grace.
- Merci. Vous au moins vous êtes agréable à vivre, Inspectrice Truman. Commençait-il par dire pour taquiner Leila. Un vol de bijoux, un fourgon blanc. Je suis content que vous soyez là, car je vais vous dire en même temps quelque chose. Cette ville sera menacée dans les prochains jours et si vous ne faites pas bien votre travail, ce serait un chaos sans précédent. Les vols de bijoux, les fourgons volés et autres délires de ce genre seront le cadet de vos soucis. Des choses pas claires se trament dans cette ville, mais vous n'êtes pas encore au courant.
- De quoi voulez-vous parler ? Demanda Grace qui était intéressée par ce que voulait dire

Elliot.

- Tu ne vois pas qu'il nous nargue là ? Demanda Leila.

- Si vous voulez, vous pouvez écouter votre partenaire et vous en aller pour poursuivre votre enquête afin d'attraper des gars qui n'ont même pas pu voler cinquante-mille pièces de bijoux ou alors vous pouvez attraper des poissons plus gros et protéger cette ville.

- Qui vous a dit qu'ils n'ont pas volé plus de cinquante-mille pièces de bijoux ?

- Allez vous renseigner, vous allez mieux comprendre. Dit Elliot en se levant et en fermant le bouton de son costume.

- Vous disiez tout à l'heure avoir des questions pour nous. Dit Leila, voyant qu'il voulait se retirer.

- Ah bon ? J'ai dit ça ? Bon, mesdames, je ne vous raccompagne pas, car vous connaissez certainement la sortie. Il faut que je me prépare pour aller à un rendez-vous important. Mes activités ne vont pas se développer toutes seules.

- Espèce d'arrogant. Dit Leila d'une voix basse et presque imperceptible.

Les deux policières se dirigeaient alors vers la sortie d'un air intrigué. Leila semblait également agacée par le ton qu'employait Elliot, mais aussi et surtout par l'assurance qu'il avait quand il prédisait le chaos sur la ville.

- Je l'aime bien. Il est tellement beau. Sa taille ? C'est la taille parfaite. Et je ne sais pas si tu as remarqué, mais il a un côté bestial. Oh cet homme est l'homme de ma vie. Dit Grace en tapant sur le volant de la voiture qu'elle conduisait.

- Tu ferais mieux de te concentrer sur la route et sur l'affaire. Je ne lui trouve rien d'intéressant. Il parle, il parle, il parle. Qu'est-ce qu'il sait ? Un chaos ? A-t-il déjà vu un chaos dans sa vie lui ? Un vrai frimeur, ce type.

- Attend, attend. Qu'est-ce qui se passe avec toi ? On dirait que tu as une dent contre cet homme. Qu'est-ce qu'il t'a fait ? Tu le connaissais avant ?

- Rien, juste comme ça. Et pas besoin de le connaitre avant pour le détester. À juste voir sa tête, on peut le détester facilement.

- Moi je ne le déteste pas. Dit Grace.

- Tu es sorti avec Reyes. Venant de toi, plus rien ne m'étonne. Dit Leila pour se moquer amicalement de sa camarade.

Les jours qui suivirent ne donnaient pas une suite encourageante à l'enquête. Les pistes que les deux policières avaient menaient à des culs-de-sac. Un soir en rentrant chez elle et s'imaginant passer une belle soirée, seule devant sa télé, Leila se souvient qu'elle avait un rendez-vous avec un mec qu'elle avait rencontré sur un site de rencontre. Après s'être préparée en vitesse, elle réussit à se pointer au lieu de rendez-vous avec un quart d'heure de retard. Le rendez-vous dura une heure et demie. Ce fut quatre-vingt-dix minutes de perdues pendant lesquelles elle a discuté avec un homme immature aux hobbys plus bizarres les unes que les autres. Il ne faisait que parler de lui et de ce qu'il a pu réaliser dans sa vie.

Le lendemain, la jeune fille se pointa au poste de police dans une belle chemise blanche sur un pantalon gris. Dans le poste de police, c'était la grande panique. Les gens courraient dans tous les sens. Leila se dirigea alors vers son poste de travail, mais n'y trouva pas Grace.

- Miller ? Tout de suite dans la grande salle. Dit le commissaire.
- D'accord commissaire.

La jeune fille prit son bloc-note et un stylo puis se dirigea vers la grande salle. En poussant la porte de cette pièce, elle vit tous ses collègues assis. Ils avaient l'air inquiets comme si une mauvaise nouvelle planait sur la Terre. Leila alla s'asseoir sur une chaise qui se trouvait en face de celle sur laquelle était assise Grace. Après quelques minutes, le commissaire entra dans la salle. Un silence digne d'un cimetière s'installa. Le commissaire se mit devant et salua l'assistance.

- La ville est menacée. Dit-il en allumant le projecteur vidéo qui se trouvait sur place.

Sur le mur était projetée la photo d'un des hommes les plus recherchés du pays ; Martin Pope. Pope était à la tête de l'un des plus gros cartels de tout le continent. Il déversait dans certains pays des quantités astronomiques de diverses substances. Sur la longue liste des choses qui lui sont reprochées se trouvent le trafic d'armes et d'organes, deux attentats et bien d'autres. Il est également soupçonné de fournir des renseignements à des États rivaux contre de l'argent. Pope était sans doute le criminel le plus puissant et le plus dangereux que le continent ait connu depuis plusieurs siècles. Depuis un peu plus d'un an, il a élu domicile dans la cité dorée pour y faire ses affaires sauf que personne ne sait là où il se trouve exactement. Il est introuvable. Les deux inspecteurs expérimentés qui avaient été mis sur l'enquête n'ont pas avancé d'un petit millimètre tellement Pope savait s'y prendre pour brouiller les pistes.

- Les prochains jours seront alarmants. Pope veut intensifier ses activités dans notre ville et d'après nos informations, rien ni personne ne pourra l'arrêter. Nous devons donc nous armer, car la population compte sur nous pour la protéger. Dit le commissaire.

- De quel genre de menace parle-t-on ? Demanda l'un des policiers dans la salle.

- Un cocktail d'attentats terroristes, de trafics d'organes, de commercialisation d'armes et autres. Le plus inquiétant reste la drogue. Vous connaissez les dégâts que cela peut produire. Répondit le commissaire.

- De quelles informations disposons-nous ?

Demanda un autre policier se trouvant dans la salle.

- Presque rien du tout. C'est ce que je viens de vous dire. Commençait par dire le commissaire. Nous avons reçu cela d'un de nos informateurs.

- Vous êtes sûr que c'est tout ce que cet informateur sait ? Pas de lieu ? Pas de date de rendez-vous pouvant nous permettre de faire un pas de plus ?

- Il est mort, notre informateur. Il a été tué. Son corps a été retrouvé accroché à un pont en centre-ville. Dit l'inspecteur Reyes, l'un des policiers chargés du dossier Pope.

- Le cadavre identifié ce matin est votre informateur ? Il a été retrouvé pendu ? Mais pourquoi écartez-vous si prématurément la thèse d'un suicide ? Demanda Grace.

- Il y a très peu de chances. Il s'inquiétait pour sa vie il y a quelques jours. Certainement qu'il craignait d'être démasqué. Répondit Reyes.

- Qui s'occupe de cette enquête à présent, mon commissaire ? Demanda Grace en s'adressant au commissaire.

- Ça tombe bien que ce soit vous qui posiez cette question, car c'est Miller et vous qui allez vous occuper de cette enquête. Répondit le commissaire au grand étonnement du reste de la salle.

Les deux dames étaient contentes de recevoir

cette affaire. Bien qu'elle soit dangereuse, elle allait permettre d'instaurer un plus grand respect. Résoudre une affaire que deux hommes n'ont pas pu résoudre serait énorme. De plus, cette affaire allait certainement booster leur carrière. C'était donc avec plaisir qu'elles acceptèrent cette affaire et allèrent se jeter dans la gueule du loup.

À la fin de la réunion, une question était sur les lèvres des deux inspecteurs en charge de l'affaire Pope.

- Penses-tu à ce que je pense ? Demanda Leila une fois qu'elle et Grace arrivèrent à leur bureau.
- Ta question est de savoir si c'était de Pope que parlait Monsieur Sheniven la dernière fois ? Demanda Grace.
- Exactement. Dit Leila.
- Nous devons aller l'interroger à nouveau, mais après avoir récupéré les dossiers chez Reyes et Hamilton. Proposa Grace.
- Non, pas tout de suite. Est-ce pour toujours l'enquête ou tu as envie d'aller le voir ?
- Pour l'enquête. Après mûres réflexions, ce n'est pas vraiment mon genre. Se ravisa Grace.
- Voilà une pensée raisonnable qui sort de ta bouche depuis plus de deux semaines.

Les deux jeunes femmes avaient consacré les jours qui suivirent pour faire de leur mieux pour évoluer sur cette affaire et surtout démanteler ce grand réseau de malfaiteurs. Après deux semaines sans aucune information concrète, les deux inspectrices étaient à présent tombées d'accord pour aller demander l'aide de Elliot Sheniven. Elles prirent donc la voiture et se dirigèrent vers la grande villa après avoir pris un rendez-vous quelques heures plus tôt avec le riche homme d'affaires. Une fois à l'intérieur, c'était toujours le même accueil avec la gouvernante qui était encore plus gentille que la dernière fois.

- Alors, que me voulez-vous cette fois-ci ? Un autre de mes fourgons a été retrouvé sur l'une de vos scènes de crime ? J'avoue que je n'ai pas voulu vous demander au téléphone ce pour quoi vous cherchiez à me voir. Je voulais quelque peu entretenir le suspens. Alors, parlez-moi. De quoi s'agit-il cette fois-ci ? Dit-il en mettant un pied sur l'autre avec élégance.

Grace prit la parole.

- Nous avons besoin de votre... Commença-t-elle par dire avant de se voir interrompre par Elliot qui fit à nouveau son mouvement d'index en l'air.

- Vous voulez boire quelque chose ? Vous avez besoin de mon aide alors je vous demande de venir boire avec moi. Vous êtes d'accord ?

- Oui. Répondirent les deux femmes qui n'avaient visiblement pas le choix si elles voulaient l'aide de l'homme d'affaires.

Après avoir servi les trois verres, les deux policières expliquèrent la situation à Elliot qui avait l'air de tout comprendre.

- Pope. Ce fumier va étendre ses activités dans la cité dorée.
- Vous êtes associés ? Demanda Leila. Ou anciens associés ? Renchérit-elle.
- Je ne trempe pas dans des activités louches. Je suis quelqu'un d'honnête. Certainement que vous vous posez cette question compte tenu du luxe que vous voyez et je crois vous avoir expliqué la dernière fois la provenance de mon argent.
- Je dois avouer que vous n'étiez pas très clair. Alors pouvez-vous nous dire plus précisément d'où provient votre richesse ? Insista Leila.
- Vous êtes bien intrigante. Je vois que vous ne m'appréciez pas trop. Pour ne pas avoir à vous dire des propos qui pourront vous paraître blessants, je vais vous répondre le plus simplement possible.
- De quels propos blessants s'agit-il ? J'aimerais bien les entendre. Répliqua Leila.
- Vous êtes un policier et comme la plupart des gens qui travaillent pour l'État, vous vous sentez sous-payée et surtout pas traitée à votre juste valeur. Dans le même temps, il y a les gens comme moi, riches et puissants et qui de surcroît ne font presque rien de leur journée si ce n'est se balader de réunion en réunion ou passer du bon temps avec des mannequins. Vous vous sentez frustrée, car vous vous dites que vous faites plus d'efforts que n'importe qui, mais que vous ne gagnez pas assez. Alors

pour vous répéter la réponse que je vous ai donnée la dernière fois, je suis un investisseur. J'investis mon argent dans des start-ups que je trouve prometteuses et j'attends tranquillement qu'elles tiennent leurs promesses. J'ai investi dans deux réseaux sociaux qui font actuellement le tour du monde. Des milliards d'utilisateurs sont abonnés. C'est de là que viennent mes revenus. Pour ce qui est de ma petite connaissance du monde sombre dans lequel trempe Pope et ses associés, tout ce que je peux vous dire, c'est que j'aime connaitre mes options avant de me lancer dans une aventure.

- Que voulez-vous dire par là ? Demanda Leila.

- Vous êtes venu pour avoir mon aide ou pour m'interroger ?

- Votre aide. Répondit Grace en faisant signe à Leila de se calmer.

- Alors, dans une semaine très exactement, les choses vont bouger. Pope va faire venir une grande quantité de drogue. Tout ce que je peux vous dire, c'est qu'aucun trafiquant n'a jamais apporté dans cette ville, une telle quantité. Une fois que cette drogue sera déversée dans la ville, je peux vous dire que Pope aurait pris le contrôle de la ville. Il pourra donc en faire tout ce qu'il veut.

- Où aura lieu l'échange ? Et surtout, comment ?

- Comment voulez-vous que j'aie accès à ces

informations ? Ou du moins, je ne préfère pas vous les donner. C'est vous qui êtes les policiers, n'est-ce pas ? Fouillez ! Fouillez et encore fouillez. Dit Elliot en se levant.

- Nous n'avons pas fini. Dit Leila.
- Ma maison, mes règles. Revenez quand vous aurez besoin de quelque chose d'autre, mais en attendant, il faut que j'y aille. Dit Elliot en se dirigeant vers les escaliers situés dans la grande pièce.
- Comment va se faire l'échange ? Insista Grace.

Cette question fit que Elliot s'arrêta et se retourna vers les deux dames.

- Si vous voulez faire entrer la drogue dans une telle ville, comment allez-vous faire ? Pas n'importe quelle quantité, une grande quantité. Qu'allez-vous faire ? En répondant à cette question, vous aurez trouvé réponse à votre question.

Les deux dames n'avaient les yeux que pour regarder Elliot monter ses escaliers et quitter petit à petit leur champ de vision.

- Je commence par le trouver arrogant aussi. Dit Grace à sa coéquipière.
- Allons. Nous avons des informations pour avancer.
- Mais nous n'avons presque rien. Pourquoi dis-tu que nous avons des informations ?
- Sortons de la maison. Proposa Leila.

Les deux dames sortirent de la maison. Dans la voiture, Leila se mit alors à développer le fond de ses pensées.

- Alors, Pope doit faire entrer de la drogue dans la ville. Il y a deux moyens si l'on considère que c'est une grande quantité qui sera transportée. Soit par avion-cargo ou soit par bateau. Mais je ne pense pas que ce soit par avion-cargo, car c'est trop risqué et les contrôles seront plus stricts ces derniers temps dans les aéroports de la ville. Je propose qu'on s'informe sur ce qui se passe au port.
- Que penses-tu qu'on pourrait trouver ?
- Je ne sais pas. Un agent corrompu, un chef aux allures louches, des comptes étranges. Nous devons juste chercher les choses qui sortent de l'ordinaire.
- Oui, mais il faut qu'on passe au poste de police pour que je prenne un dossier et que j'en dépose un autre.
- D'accord. Répondit Leila sans chercher à savoir de quoi il s'agissait.

Sur le chemin du retour, Leila retrouva son air pensif, mais cette fois-ci, elle pensait à Elliot. Leila ne savait pas pourquoi, mais elle se rappelait des gestes que faisait l'homme d'affaires, de son sourire. Ce qui avait attiré encore plus son attention était son doigt, mais surtout ses ongles qui étaient si propres. Leila tentait de se débarrasser de ses pensées, mais elles persistaient. Une fois devant le poste de police, Leila était dans la voiture quand elle vit Reyes passer devant celle-ci.

- Reyes. Dis-moi, tu as des informations sur le port de la ville ?
- Des informations de quel genre ? Demanda Reyes.
- Je ne sais pas. Qu'est-ce qui s'est passé récemment ? Quelque chose d'étrange. Je ne sais pas vraiment ce que je recherche. Je sais juste que je cherche quelque chose.
- Bof, rien de bien important. Mais je ne sais pas si cela peut t'intéresser, mais ils ont changé de chef. Le dernier a été relevé de ses fonctions pour une raison que j'ignore. Mais bon, il avait l'air d'un con d'après ce que les gens disaient.

Finalement, Grace descendit et les deux femmes prirent la direction du port. Leila savait désormais où elle allait chercher pour avoir des informations clés. Une fois au port, elle commençait par regarder certains employés afin de détecter celui ou celle qui aurait l'amabilité de lui cracher des informations utiles. Elle repéra alors l'un des agents vêtu d'une chemise grise carrelée bon marché ainsi que son pantalon de couleur kaki. Il avait cruellement l'air de manquer de confiance en lui. En le rassurant un peu, la jeune fille pourrait en tirer tout ce qu'elle voulait. Pendant ce temps, Grace fouillait de son côté. Une fois dans la voiture, c'était le moment de faire le point des trouvailles.

- Qu'est-ce que tu as trouvé ? Demanda Leila à Grace.
- Rien à part que le port rencontrait quelques

problèmes, ce qui faisait que les employés n'étaient pas payés depuis quelques mois. Tu as entendu parler du patron viré ?

-   Oui et c'est cela qui est étrange. Ton ex-amant Reyes l'a traité de con. Dans la plupart des cas, se faire traiter de con est souvent dû à deux situations. Soit vous êtes un véritable idiot soit vous êtes un anticonformiste ; c'est-à-dire quelqu'un qui est exigeant et surtout qui ne laisse rien passer. En creusant, j'ai découvert que le patron viré était en effet un anticonformiste. Il ne voulait pas que certaines choses se passent dans son port et donc pour cela, il a posé plusieurs restrictions. Autrement dit, il contrôlait tout ce qui se passait dans le port. Même une mouche ne pouvait se poser dans son port sans qu'il soit au courant.

-   Où veux-tu en venir ?

-   Un complot a été organisé contre lui pour qu'il soit viré afin que d'autres personnes prennent le contrôle du port. C'est probablement le port qui sera le lieu de l'échange. La question à présent, c'est de savoir quel jour et à quelle heure.

-   On demande à notre ange gardien ? Appelons-le pour voir. Proposa Grace.

Leila prit son téléphone et composa le numéro d'Elliot. Avant de répondre à la demande des deux dames, Elliot exigea un rendez-vous galant avec Leila.

C'était pour lui la seule condition pour qu'il puisse leur donner cette information. Tant qu'il n'avait pas son rendez-vous galant, il n'allait rien dire et laisserait par la même occasion la ville entrer tout doucement dans son chaos. Finalement, Leila accepta et fixa ledit rendez-vous dans la soirée de cette journée.

À deux heures du rendez-vous, Leila se trouvait devant sa garde-robe sans savoir ce qu'elle allait mettre pour l'occasion. Finalement, elle choisit une belle robe bleue parsemée de quelques perles qui la faisait scintiller.

Dès que son taxi s'arrêta devant le restaurant, elle entendit le bruit d'une voiture de sport. D'un rouge très éclatant, la voiture que conduisait Elliot était sans doute l'une des plus belles que Leila avait vues de toute sa vie.

- Vous êtes très en avance. Dit Elliot en sortant de sa voiture et en lançant sa clé au voiturier.
- Être à l'heure me tient à cœur. Répliqua Leila.
- Un point commun. Je suis sûr que nous nous trouverons plusieurs autres points communs d'ici la fin de la soirée.
- J'en doute. Répondit Leila qui marchait devant pour se diriger dans le restaurant alors que Elliot la suivait.
- Pourquoi ce rendez-vous ? Demanda Leila après qu'un des employés du restaurant ait orienté le couple vers sa table.
- Vous savez, chaque jour, je rencontre des dizaines de filles et à chaque fois, elles sont sidérées par mon charme, ma richesse et

autres. Je suis certain que certaines payeraient pour sortir avec moi. Mais avec vous, je ne sens pas cela. Je sens une sorte de résistance dans votre manière d'être avec moi. Je suis donc là ce soir pour comprendre d'où vient cette résistance.

Après un délicieux diner, les deux discutèrent durant de longues minutes avant que Elliot ne tende à Leila un bout de papier sur lequel étaient notées les informations qu'il devrait lui transmettre.

- Mercredi ? Donc, dans deux jours ?
- Et c'est bien choisi, je trouve. Le fumier.
- De quoi parlez-vous ? Demanda l'inspectrice qui n'avait pas compris ce que voulait dire Elliot.
- Rien d'important.
- Qu'est-ce qui peut bien presser Pope et son équipe pour qu'ils précipitent autant les choses ?
- C'est vous qui voyez de la précipitation. Tout cela était prévu depuis des mois. C'est juste vous qui trouvez cela précipité. Alors, on marche un peu ? Proposa Elliot en faisant mine de se lever.
- Les gens marchent pour discuter. De quoi voulez-vous que l'on parle ?
- Nous avons passé toute la soirée à parler de moi alors je vais vous offrir l'occasion de me parler de vous.
- Il n'y a rien à dire sur moi. Dit Leila avec un

léger sourire. J'ai une question. Connaissez-vous personnellement Pope ?

- Si j'y réponds, nous allons marcher ?
- Visiblement, vous négociez tout.
- On peut dire cela.
- Oui, si vous répondez nous allons faire cette marche.
- Pope et moi étions amis alors que nous étions de jeunes garçons. Nous avons pris des chemins différents, ce qui nous a conduits ici aujourd'hui. J'ai répondu à votre question, alors allons-y.

Elliot faisait sourire Leila presque à chacune de ses prises de parole. Il était galant même en étant arrogant. Il savait être une oreille attentive et c'était surtout cela qui avait l'air de conquérir Leila. Au cours de cette marche, Leila raconta une partie de sa vie à Elliot en commençant par son enfance jusqu'à ce qui l'avait poussée à devenir policière tout en passant par le suicide de son frère.

- Oui et donc tous les Noëls, vous suivez ce film, c'est cela ? Demanda Elliot.
- Oui, je ne sais pas, mais j'ai l'impression qu'il cache un message, un message que mon frère voulait me laisser. Dit-elle d'un air passionné.
- Ou c'est juste un film. Je l'ai suivi également quelques fois et j'avoue que c'était un bon film. L'acteur, Jimmy, avec son chapeau de cowboy jouait excellemment bien son rôle.
- Ça, vous pouvez le dire. Il est magique,

Jimmy.

- Peut-être qu'un de ces jours, je vais le suivre avec vous.

Les deux « amis » marchèrent sur ce trottoir en direction de la maison de Leila quand subitement, d'une ruelle sombre émergeait un cri violent. Ce cri était tellement violent que Leila prit peur. Au même moment, Elliot se mit sur la défensive, fit un léger grognement qui ressemblait à celui d'un loup puis se mit ensuite sur une position de guerre comme prêt à bondir sur tout ce qui allait bouger.

- Avez-vous entendu ce grognement de loup ? Demanda Leila à Elliot en se blottissant dans ses bras.
- Non, non. Calmez-vous. Tout va bien. Vous êtes en sécurité. Dit Elliot en couvrant de ses bras, la belle inspectrice.

Leila rentrait donc chez elle après que Elliot soit allé prendre sa magnifique voiture pour la déposer. Le lendemain, au poste, Leila raconta dans les moindres détails son rendez-vous à Grace, qui avait l'air quelque peu inquiète et presque désintéressée par ce que lui disait sa coéquipière. Quelque chose n'allait pas, mais visiblement elle n'avait pas envie d'en parler avec Leila.

Le mercredi, jour de l'échange qui coïncidait avec la pleine lune, Leila et Grace étaient stressées par cette intervention qui pouvait mal tourner si les informations fournies par Elliot n'étaient pas vraies. À une heure de l'arrivée de la marchandise, les équipes de la police étaient positionnées, mais rien de suspect n'était observé dans le port. Après quelques minutes, une première voiture noire vint se garer, ce qui voulait sûrement dire que le rendez-vous était bel et bien prévu à cet endroit et à cette heure. Après une demi-heure, la voiture quitta les lieux. Aussi étrange que cela puisse paraître et sans que les policiers sur place ne sachent pourquoi, l'échange ou la récupération de marchandise n'eut plus lieu. Leila et Grace étaient déçues, car elles étaient à deux doigts de faire un grand pas dans cette affaire. Prise de colère dans la voiture où elles étaient cachées, Leila prit son téléphone puis appela Elliot afin de comprendre ce qui venait de se passer. Malgré qu'il fît profondément nuit, la jeune femme ne se gênait pas, car elle était convaincue que l'homme d'affaires lui devait des explications. Après une dizaine de tentatives sans succès, Leila finit par abandonner, mais ce n'était que partie remise, car elle comptait se rendre le lendemain à la première heure chez Elliot afin d'exiger de lui des explications.

3

Le lendemain, très tôt le matin, bien avant que le soleil ne se lève, Leila était déjà au seuil de la porte de Elliot. Mais étrangement, la gentille gouvernante n'était pas là pour lui ouvrir. Il n'y avait d'ailleurs pas besoin, car la porte était presque grande ouverte. C'était étrange qu'il n'y ait personne et cela l'était encore plus du moment où la porte était ouverte. Leila ne se fit pas prier pour entrer dans la maison. Elle y était déjà venue deux fois et savait donc où se diriger. Une fois dans la salle de séjour, elle vit le téléphone de Elliot posé sur la table affichant une vingtaine d'appels manqués. Le téléphone sur la table indiquait que le propriétaire des lieux était encore à la maison. D'ailleurs, cet homme qui n'avait pas trop l'air d'un lève-tôt ne pouvait pas encore sortir à l'heure qu'il faisait.

- Il y a quelqu'un ? Commençait par scander la jeune policière sans que personne ne lui réponde.

Après plusieurs tentatives pour signaler sa présence, elle commençait par s'inquiéter. D'abord, la dizaine d'appels manqués, la maison laissée sans surveillance humaine et maintenant, ce silence. Dans la foulée, la jeune inspectrice entendit un bruit étrange. Instinctivement, elle fit sortir son arme et la pointa dans la direction d'où venait le bruit. Elle s'avançait petit à petit quand elle vit Elliot sans le moindre vêtement sur le corps. Certaines parties du corps de l'homme d'affaires étaient recouvertes de petits poils grisonnants et l'aspect de sa peau laissait penser que quelque chose d'étrange s'était passé.

- Qu'est-ce que vous faites ici ? Demanda Elliot d'une voix tremblante et presque à court d'énergie.

Le jeune homme s'écroula sur le sol après avoir dit ces quelques mots. Néanmoins, il était toujours conscient et utilisa ses dernières forces pour interdire à Leila de le conduire dans un hôpital. Leila, ne pouvant soulever l'homme afin de le mettre dans son lit, décida alors de faire venir son lit à lui. Elle monta donc dans la vaste chambre d'Elliot et prit quelques couvertures afin de le faire coucher dessus. Elle ne manqua pas également de prendre une culotte afin de recouvrir le sexe de l'homme. Une fois dans ce lit de fortune, l'homme avait l'air de se reposer. Il respirait normalement et la température de son corps était normale. Mille et une questions traversaient l'esprit de la jeune femme. Contemplant l'homme, Leila ne put s'empêcher de remarquer certaines marques sur son corps. Au même moment, elle se souvint du cri de loup qu'elle avait entendu à la fin du rendez-vous avec Elliot et commençait donc par tirer ses conclusions.

Les grognements dignes d'un loup qu'avait cru entendre la jeune femme l'autre soir étaient bien réels. Ils avaient été émis par… Elliot. En effet, Elliot était un loup-garou qui pouvait garder son apparence humaine. Néanmoins, dans certaines situations où il se sentait menacé, son côté loup pouvait prendre le dessus. C'était ce qui était arrivé l'autre soir, mais il était hors de question pour lui de dire à la jeune dame qui se trouvait devant lui la vérité sur son identité cachée. D'ailleurs, seules quelques personnes connaissaient ce secret et parmi elles, seule une était toujours en vie.

Leila décida alors de jouer le rôle de la gouvernante jusqu'à ce que cette dernière ne revienne. Elle fit donc un café qu'elle ramena près d'Elliot en attendant que ce dernier se réveille. Elle demanda ensuite la permission afin de s'absenter dans la matinée au poste de police. Après trois heures de profond sommeil, Elliot revint à lui et fut surpris de voir Leila assise près de lui et en train de le fixer.

- Nous avons couché ensemble ? Demanda-t-il, toujours allongé dans ces draps blancs.
- Dans vos rêves. Dit Leila en s'éloignant de Elliot.

Après cette réponse, un moment de silence s'installa entre les deux.

- Qu'est-ce que vous êtes en vérité ? Demanda-t-elle après avoir pris ces quelques secondes pour réunir son courage.

- De quoi parlez-vous ?

- D'abord, ce grognement que j'avais très nettement entendu lors de notre rendez-vous de la dernière fois. Ensuite, hier, c'était la pleine lune et c'est le moment précis où certaines espèces se transforment. Tout cela est sans oublier les marques qu'il y avait sur vous il y a quelques heures, mais qui ont à présent disparu. Vous êtes un… Commençait par dire Leila avant de se faire interrompre par Elliot.

- Un loup-garou. Oui, je suis un loup-garou. Dit Elliot en se levant de ce matelas aménagé par Leila pour se rapprocher de cette dernière qui ne bougeait pas d'un poil.

Après quelques secondes à fixer Leila, Elliot prit la parole.

- Au moins maintenant, vous serez deux. Commençait-il par dire. Venez avec moi, je vais vous montrer quelque chose. Dit Elliot en prenant un tee-shirt posé sur l'un des canapés se trouvant dans la salle de séjour.

Le jeune homme d'affaires se dirigeait vers un endroit sombre qui avait l'air d'être une cave. L'inspectrice qui n'avait pas froid aux yeux le suivait sans crainte. Bien qu'elle savait qu'elle était près d'une créature étrange, elle n'avait pas l'air d'avoir peur. Elle était confiante et marchait derrière Elliot.

- Où sommes-nous ? Demanda Leila dès qu'elle traversa la lourde porte à l'entrée de cette pièce sombre.

Sur le sol de cette chambre se trouvaient de grandes chaînes qui semblaient très solides. Sur les murs se trouvaient des traces qui ressemblaient à des traces laissées par des griffes.

- C'est ici que je me transforme les nuits de pleine lune. Dès que je ferme cette porte, la pièce devient insonorisée et personne ne peut donc entendre mes cris. Répondit Elliot en prenant l'une des nombreuses chaines se trouvant sur le sol.

- Qui sont ceux qui savent que vous êtes un… Commençait par dire Leila qui avait du mal à prononcer le mot loup-garou. Et que fait votre gouvernante lorsque vous vous transformez ?

- Elle n'en sait rien. À chaque pleine lune, je lui donne deux jours de congé afin qu'elle ne puisse pas assister à cela. Ce serait dommage si je perdais le contrôle et que je lui faisais du mal.

- Qu'est-ce qui pourrait vous pousser à lui faire du mal ?

- La douleur, le fait de sentir tous mes os se casser dans mon corps. C'est insupportable, mais malheureusement, je suis ce que je suis et je ne peux pas le rejeter.

Leila resta alors silencieuse et ne savait plus quoi dire face à cette situation même si elle avait l'air de ne pas être très choquée par cette révélation. Au fond, elle était perdue.

- Toutes ces choses qui sont racontées sont-elles fausses ?

- Vous êtes sûre que vous avez envie de parler de cela aujourd'hui et là tout de suite ?
- Non, je n'en suis pas sûre. Répondit Leila en se dirigeant vers la sortie.

Une fois le loup et l'inspectrice dans la grande pièce, cette dernière se retourna pour adresser une dernière question à la créature mi-homme mi-bête.

- Pourquoi m'en avoir parlé si spontanément ? Pourquoi ne pas tenter de nier pour me faire passer pour une personne ayant des hallucinations ?
- Je n'avais pas vraiment envie de vous le cacher. La dernière fois au restaurant, j'aurais aimé aborder cela avec vous, mais je trouvais que c'était trop tôt pour un premier rendez-vous. Je ne sais pas pourquoi, mais j'ai confiance en vous. J'aime quand vous êtes là, car vous dégagez une énergie différente de celle des autres. Vous êtes spéciale.
- Est-ce votre côté loup qui vous fait sentir cela ?
- Non, celui humain. C'est mon côté humain qui me fait cela.

Leila sortit alors de la pièce et au seuil de la porte, elle croisa la gouvernante qui d'ailleurs, ne devait pas être là à ce moment.

La jeune inspectrice prit un taxi et se dirigea vers le poste de police. À bord de cette voiture jaune, elle pensait à tout ce qui venait de se passer. Elle pensait à cet homme qui était également un loup et cela créait dans son esprit diverses images. Elle se posait des questions auxquelles elle n'avait pas pensé lorsqu'elle était en face d'Elliot, mais la plus grande question était de savoir si elle allait raconter cela à Grace, sa partenaire.

Une fois au poste de police, la jeune femme ne pouvait se contenir. Elle alla à son poste de travail afin de tout raconter à sa coéquipière quand elle vit une lettre portant le logo de la police sur la table de Grace. Sans vraiment se demander si elle devrait la lire ou pas, Leila prit la lettre et la lut. C'est à ce moment qu'elle découvrit une nouvelle qui refreina toutes envies de parler de l'homme-loup à sa coéquipière. Leila restait donc assise sur sa chaise avec sa main posée sur son menton pour soutenir le poids de sa tête qui était presque sur le point d'exploser, compte tenu des nouvelles qu'elle recevait. De loin, Leila vit Grace sortir du bureau du commissaire. Elle fut surprise de voir Leila assise sur sa chaise, car elle devrait venir au poste vers quinze heures.

- Comment se fait-il que tu sois là si tôt ? Demanda Grace en rangeant sa lettre qui était sur la table.

Leila ne répondit pas à sa question et avait plutôt les yeux fixés sur sa coéquipière.

- Tu comptais m'en parler ou tu voulais juste partir comme cela ? Finit par demander Leila.
- Je comptais t'en parler au bon moment. Dit Grace.

En effet, Grace avait demandé à changer de service. Elle devra donc quitter la cité dorée pour aller exercer dans une autre ville située à plus de huit-cents kilomètres.

- Pourquoi ? Est-ce moi ? Je suis si insupportable que cela ? Demanda Leila qui semblait déçue.
- Non. Mais comment peux-tu dire cela ? Tu es exceptionnelle et j'aime vraiment travailler avec toi. Tu es la meilleure policière que j'ai jamais connue.
- Alors, dis-moi pourquoi tu veux me laisser seule.
- Je ne te laisse pas seule.
- Que s'est-il passé ? Demanda Leila en se levant de sa chaise et en haussant le ton.
- Rien. Calme-toi. Dit Grace en regardant les autres agents qui regardaient dans leur direction.

Leila se calma et finit par s'asseoir.

- Je ne peux rien te dire pour l'instant. Tout ce que tu as à savoir, c'est que je ne serais plus dans les parages. Je sais que tu mérites plus d'explications, mais malheureusement, je ne peux pas t'en donner plus. J'aurais vraiment aimé continuer dans ce poste de police, mais les choses sont ce qu'elles sont.

Leila se leva brusquement à nouveau et sortit du poste de police malgré que Grace criait son prénom dans le but de la retenir. La jeune femme était dévastée et cela était plus grave, car elle était convaincue que les gens qu'elle connaissait et à qui elle tenait finissaient souvent par l'abandonner. Son frère, ses deux parents, Greg, son ancien petit ami et maintenant Grace, sa coéquipière. C'était difficile à supporter pour elle, mais elle devait se ressaisir, car elle avait une enquête à résoudre. Voulant prendre son téléphone pour regarder l'heure qu'il faisait, Leila se rendit compte qu'elle ne l'avait plus. Elle pensa donc qu'elle l'avait oublié à son bureau et décida à ce moment, de rejoindre le poste de police. C'est là qu'elle vit assise sur sa chaise Elliot qui tenait dans sa main son téléphone.

- Que faites-vous avec mon téléphone ? Demanda-t-elle en haussant à nouveau le ton sous le regard ébahi de Elliot.
- Que se passe-t-il ? Demanda Elliot.
- Remettez-moi mon téléphone et fichez le camp d'ici. Dit-elle toujours le ton haut.

Tout le poste de police regardait cette scène étrange. Cette scène était encore plus étrange, car la majorité des gens qui se trouvaient sur les lieux connaissait Elliot Sheniven puisqu'il avait fait la une de plusieurs journaux économiques et avait participé à plusieurs shows télé. Le voir donc se faire gronder par une inspectrice de police était une scène surprenante pour laquelle l'on pouvait stopper toute activité.

Elliot ne répondit pas et ne chercha même plus à demander ce qui se passait avec l'inspectrice. Il déposa le téléphone et s'en alla. Une fois à la sortie du poste, il entendit une voix l'appeler. C'était celle de Leila qui venait visiblement pour s'excuser.

- Je suis désolée. Avec tout ce qui se passe au cours de cette journée, je ne sais plus où j'en suis.

- C'est ce que vous avez vu ce matin qui vous met dans cet état ? Si c'est le cas alors je m'en excuse.
- Ce n'est pas uniquement cela. Je viens d'apprendre que ma coéquipière sera mutée dans un autre poste de police.
- Et où se trouve le problème ? C'est normal qu'une personne ait besoin de vivre de nouvelles aventures.
- Le problème n'est pas la mutation en elle-même, mais le fait qu'elle ne m'ait rien dit durant tout le temps qu'elle préparait cela. Il faut vraiment du temps pour préparer une demande de mutation et il faut également du temps pour qu'elle soit acceptée. Nous sommes chaque jour dans notre bagnole à parcourir des kilomètres ensemble, à résoudre des enquêtes, mais elle ne m'a rien dit. Elle n'a jamais abordé le sujet tout comme s'il n'a jamais existé. Aujourd'hui, j'apprends cela par hasard.
- Waouh, je comprends. Je vous invite à prendre un café avec moi. Cela va vous détendre.
- Vous voulez qu'on prenne un café ici ? Au poste ? Demanda Leila.
- Quand j'aurai envie de boire du mauvais café, je vais vous le dire. Je connais un bon café au coin de la rue. C'est à deux pas d'ici. Dit Elliot.
- Bon, vous avez eu l'amabilité de m'apporter mon téléphone alors je peux vous accorder ce

café. Dit Leila en faisant un léger sourire.

- Je dois vous dire deux choses très importantes. La première, c'est que j'ai eu à de nombreuses reprises l'occasion de voir cela sur des visages, mais je dois avouer que chez vous, c'est assez particulier. Chez vous, c'est unique et je doute que je puisse encore en voir un comme le vôtre. Dès que vous l'avez sur votre visage, vous rayonnez. Commençait par dire Elliot.

- De quoi parlez-vous ? Demanda Leila qui n'avait encore rien compris de ce que venait de dire son interlocuteur.

- Votre sourire. Il est magnifique.

- C'est gentil. Dit Leila en esquissant un autre sourire.

Leila retourna à son bureau pour prendre son manteau. L'invitation de Elliot allait lui faire le plus grands des biens. Discuter avec cet homme ne l'agaçait plus comme au début. C'était le contraire. Elle appréciait désormais sa compagnie.

Une fois dans le café ;

- Alors vous vouliez me dire deux choses et vous en avez déjà dit une. Donc c'est quoi la deuxième ?

- Oui, c'est au sujet de votre enquête. L'enquête sur Pope.

- Qu'est-ce que vous avez comme informations ?

- Suis-je votre informateur à présent ? Demanda

Elliot.

- En quelque sorte. D'ailleurs plus tard, vous allez m'expliquer comment vous avez fait pour nous donner une information foireuse. Personne n'était dans le port pour une quelconque échange.
- Vous êtes sûre que personne n'était au port ?
- Juste une SUV noire.

Après quelques secondes de silence, Elliot reprit la parole.

- Quelqu'un a informé Pope de l'intervention de la police. Il a donc changé le lieu du rendez-vous et le jour.
- Avez-vous une idée de quand il pourrait remettre ça ? On ne sait jamais.
- J'ai une vague idée. Le soir de la prochaine pleine lune.
- Pourquoi fait-il ses échanges uniquement à la pleine lune ?
- Je vous avais dit que vous étiez deux à connaitre mon secret. Pope est la seconde personne. J'ai grandi avec lui. Il y a quelques années, je lui ai révélé mon secret. Dans les années qui ont suivi, il a pris ce que je peux appeler « le mauvais chemin » en commençant par dealer du crack et en faisant des choses très peu recommandables. Quand il est venu dans la cité dorée, je suis allée le voir pour lui demander de ne pas étendre ses activités dans cette partie du pays.

- Et qu'a-t-il dit ?
- Que rien ni personne ne pouvait l'arrêter. Ainsi, il effectue ses grandes transactions les soirs de pleine lune, car il sait qu'à ce moment, je serai enchaîné chez moi et que je ne pourrais pas prendre le risque de sortir au risque d'effrayer la population.
- Oh, je vois. Mais quelles sont les informations que vous détenez ?
- D'abord, qui pensez-vous être la taupe au sein de votre service ?
- Une taupe ? Je ne crois pas.
- Quelqu'un est bel et bien à la solde de Pope. C'est cela qui lui a permis de déplacer à temps son rendez-vous afin de ne pas se faire arrêter.

Après quelques secondes, Leila eut une illumination.

- Grace. Dit-elle en se levant de la chaise du café et en courant pour rejoindre le poste de police.

Une fois au poste, elle vit Grace assise sur sa chaise. Elle vint près d'elle, la prit par le bras et l'amena vers la salle d'interrogatoire la plus proche. Les multiples caméras et micros de la salle furent totalement débranchés par Leila qui voulait son intimité avec Grace afin de la confronter.

- Qu'est-ce qui te prend ? Finit par demander Grace quand elle vit Leila fermer hermétiquement la porte de la salle d'interrogatoire.

- Au début, je n'avais pas bien compris les choses. Comment est-ce que les choses se sont faites entre Pope et toi ?

- Que veux-tu dire par là ? Demanda Grace.

- Ne joue pas à ça avec moi. Nous étions trois à être au courant de cette rencontre dans ce poste de police. Il y avait le commissaire, toi et moi. Je doute que le commissaire soit impliqué dans cette histoire, mais toi, oui. Je me demande même ce qui te pousse à demander une mutation.

- C'est ma mutation qui te fait un choc. Je comprends. On peut arrêter maintenant avec cet interrogatoire sans queue ni tête ?

- Tu as été ma coéquipière durant plusieurs mois et tu sais combien de fois je suis stricte par rapport aux affaires de corruption et surtout quand il s'agit d'un flic. Je vais te promettre juste une chose, ne pas détruire ta carrière en te dénonçant, mais sache que je ne garde pas non plus ton secret. Dès qu'une situation où il faut dire la vérité à ce sujet va se présenter, je ne vais pas hésiter. Je te donne une dernière chance de me dire la vérité, car je pourrai chercher et tu sais comme moi que je ne lâche pas un os quand je le tiens entre mes dents.

Grace savait que Leila était très sérieuse. Elle avait le choix entre se taire et laisser Leila découvrir la vérité par elle même ou lui dire la vérité tout de suite en espérant qu'elle ne révèle pas cela aux autorités supérieures.

- Il y a quelques jours, quand nous avons reçu cette enquête, nous avons commencé nos recherches, ce qui a alerté Pope. Je ne sais pas comment, mais il a su que l'enquête avait changé de main et que ce n'était plus Reyes et son coéquipier qui s'en occupaient. Un soir, je rentrais du boulot quand j'ai senti que la porte de mon appartement était ouverte. Quelqu'un avait dû forcer la serrure et entrer faire je ne sais quoi. Une fois à l'intérieur, j'ai été neutralisé par un homme costaud et devant moi se trouvait un autre homme noir de la cinquantaine. C'était Pope. Il m'a menacé de retrouver ma petite fille et de lui faire du mal si nous n'arrêtons pas nos enquêtes dans les prochains jours. J'avais paniqué, car ma fille était tout ce que j'avais. Je ne voulais pas que quelque chose de mal lui arrive. Le lendemain, j'ai lancé le processus pour être mutée dans une autre ville. J'ai fait jouer les quelques relations que j'avais au sein de la police afin que les choses se passent le plus rapidement possible.

- Et par la suite, tu lui as donné les informations que nous avions, c'est bien cela ?

- Oui. Dit Grace en larmes. Que voulais-tu que je fasse ? Ma fille était menacée par ce psychopathe. Je n'avais pas le choix.

- Donc tu comptais me laisser ici toute seule ? Ton Pope pourrait me faire tout le mal qu'il voulait. Cela ne te faisait ni chaud ni froid.

- Je savais que tu pouvais gérer. Dit Grace toujours en pleurs.

Après quelques secondes de silence, Grace se leva, essuya ses larmes et sortit de la salle d'interrogatoire. En l'espace d'une journée, sa coéquipière s'est avérée être une taupe et elle avait découvert que l'une de ses connaissances était un loup-garou. En même temps, elle venait de faire quelques petits bons dans l'enquête. Elle se mit donc à faire un monologue.

- Si Pope a pris le risque de sortir de sa cachette juste pour menacer Grace, c'est qu'il est en danger ou que l'on se rapproche de l'un de ses points faibles.

4

Les jours passaient et l'enquête évoluait. Depuis une semaine déjà, Grace avait quitté le poste de police et s'était engagé dans sa nouvelle ville. Les relations entre Elliot et Leila avaient connu de vraies avancées, car les deux travaillaient sur l'enquête pour démanteler le réseau de Pope et profitaient de quelques soirées afin d'aller discuter. Leila ressentait toujours une vive attirance pour l'homme-loup garou. À plusieurs reprises, les deux ont tenté de s'embrasser, mais des situations se sont interposées. Soit c'était le téléphone de l'un des deux qui sonnait soit Leila rebroussait chemin au dernier moment. En ce qui concerne l'enquête, elle évoluait. Des fournisseurs de Pope ont été rencontrés par Elliot, mais ils n'ont voulu rien dire par rapport aux activités de cet homme très dangereux.

Un soir alors que Leila se trouvait dans la maison de Elliot en compagnie de ce dernier, Elliot prit la parole.

- Et si je devenais votre coéquipier ? Ce serait magnifique. Comme cela, nous pourrons travailler à tout moment afin d'évoluer plus vite sur cette enquête. Vous ne trouvez pas ?
- Non. Répondit catégoriquement Leila qui trouvait cette idée absurde. Vous n'avez pas les compétences requises pour ça. En plus, qui va vous protéger sur le terrain ?
- Nous n'en sommes pas encore là. Je veux juste occuper mon temps libre et cette enquête me tient à cœur.
- D'abord, je viole plusieurs lois en vous montrant les dossiers d'une enquête. Ensuite, vous n'êtes pas un policier et enfin, vous ferez mieux de passer votre temps libre comme tous les riches en allant jouer au golf ou en vous tapant des filles de mœurs légères.
- Vous êtes sûre que la dernière activité que vous venez de me proposer vous arrange ?
- Oui, bien sûr. Répondit timidement Leila sans aucune conviction.

Tard dans cette nuit et à bord de l'un des somptueux véhicules de Elliot, Leila rentrait chez elle.

- Nous sommes arrivés. Dit Elliot en garant sa voiture. Depuis tout à l'heure, vous ne faites que regarder la médaille de votre collier. Elle a quoi ?
- Elle est foutue, je pense. Je ne sais même pas comment c'est arrivé.

- Laissez-moi voir. Dit Elliot en rapprochant sa tête de celle de Leila.

Au lieu de regarder le collier comme il l'avait dit, Elliot tenta d'embrasser Leila. Cette fois-ci, c'était la bonne. La jeune inspectrice répondit à ce baiser langoureux que venait de lui proposer le loup-garou. Leurs lèvres et langues s'entremêlaient sans qu'aucun d'entre eux n'eût envie d'arrêter. Finalement, et d'un commun accord, les deux décidèrent de s'arrêter. Ils se lancèrent un regard.

- Il se fait tard, il faut que j'y aille. Dit Leila en sortant du véhicule.
- Je vais te raccompagner.
- Non, ça peut aller. On se voit demain. Dit Leila.

Tout heureux, Elliot démarra alors sa voiture et s'enfonça dans cette nuit noire. Les jours qui suivirent étaient tendus entre les deux tourtereaux et pour le moment, le sujet du baiser n'avait pas encore été abordé. Leila avait quelque peu honte et elle utilisait donc toutes les ruses pour esquiver le sujet. Elliot, quand il n'était pas avec Leila, il passait son temps à enquêter sur les agissements de Pope.

Cet après-midi et d'après les informations qu'il avait reçues, plusieurs hommes de main de Pope devraient se voir et discuter de quelques accords avant la grande livraison qui était prévue dans quelques jours. Le but était de faire en sorte que l'échange ne foire pas à nouveau afin que les activités puissent connaitre un coup d'accélérateur dans la cité dorée. Le rendez-vous était prévu dans un grand entrepôt. Vêtu d'un vêtement de sport, Elliot suivait discrètement les discussions et enregistrait tout ce qu'il entendait. Jusque-là, rien de bien intéressant ne sortait de ces conversations. Perché sur le toit avec son ouïe très développée, Elliot s'arrangeait pour ne pas faire du bruit. Mais malheureusement et de manière maladroite, il toucha l'une des tôles qui recouvraient le toit de l'entrepôt. Il n'en fallut pas plus pour alerter ces hommes dangereux qui étaient déjà aux aguets, à l'affut du moindre bruit suspect. Les hommes armés se mirent à tirer dans tous les sens. Elliot qui tentait de sauver sa vie fut touché par deux des nombreuses balles. Il réussit quand même à s'échapper et à trouver un endroit où il serait en sécurité.

Une fois à l'abri, le jeune homme tenta de retirer les balles afin que la plaie se cicatrise. Mais seul, il ne pouvait pas enlever les balles. Il lui fallait donc de l'aide, car si les balles n'étaient pas extraites dans les minutes qui allaient suivre, elles allaient endommager certains de ses organes et il pourrait y laisser la vie. Il prit son téléphone en agonisant et composa le numéro de l'inspectrice afin de demander son aide. Très vite, la jeune inspectrice rappliqua au chevet de l'homme. Elle le trouva fatigué et surtout en sueur. Leila avait sur elle une trousse de secours qui allait lui permettre de faire une intervention.

- Que faites-vous dans un endroit aussi… aussi étrange ?
- J'étais sur une piste dans l'affaire Pope. Mais malheureusement, j'ai été débusqué. Les salauds m'ont tiré dessus. Veuillez me retirer

ces fichues balles du corps.

- Est-ce que vous savez que vous n'êtes pas un policier et que vous ne pouvez pas enquêter de la sorte ? Demanda Leila en commençant le processus pour extraire les balles.

- La police n'avance pas, mais moi, si. Alors je pense que je peux mener cette enquête bien mieux que la police.

- Vous n'êtes pas croyable. Et si vous vous faites tuer ? Qu'est-ce que vous allez en penser ? Demanda Leila qui avait l'air furieuse.

- Je ne pourrai rien penser vu que je serai mort. Vous comprenez ? Demanda Elliot pour faire la blague.

La jeune inspectrice avait l'air inquiète. Mais malgré cela, elle ne tremblait pas dans l'accomplissement de cette tâche qui était de retirer les balles sans rien endommager sur Elliot. D'ailleurs, sa survie lui tenait réellement à cœur. Après quelques minutes, la policière devenue chirurgienne avait fini de retirer les balles. C'est à ce moment qu'elle vit un spectacle assez incroyable. Sous ses yeux, les blessures du jeune homme se cicatrisaient et sa peau reprenait sa forme comme si de rien n'était. Par contre, ce n'était pas le cas d'Elliot qui semblait toujours aussi épuisé.

Petit à petit, il reprit de l'énergie et était de nouveau opérationnel.

- Alors, qu'avez-vous appris ? Demanda Leila.

- Rien d'intéressant. La réunion s'est vite

terminée quand ils ont compris qu'il y avait un intrus.

- Votre piste s'est donc refermée.
- Celle-là oui, mais j'en ai une autre qui est plus prometteuse.
- Qu'est-ce qu'on fait ensemble si vous ne voulez pas partager les pistes que vous avez avec moi ?
- Nous sommes ensemble ? C'est ça ?
- Je voulais dire travailler ensemble.
- D'accord. On se voit plus tard pour que je vous parle de cette nouvelle piste. Dit Elliot.

Elliot rejoignit sa voiture pendant que Leila faisait de même. Leila démarra sa voiture et retourna au poste de police. La jeune femme n'arrivait pas réellement à se concentrer. Elle tenait un stylo dans les mains et toutes ses pensées se dirigèrent vers Elliot. Ce bel homme dont la maladresse mais aussi le charme la séduisait comme jamais. Bien qu'elle ne veuille pas l'admettre, elle avait des sentiments pour ce riche homme et son côté loup-garou n'avait pas l'air de lui faire peur. Bien au contraire. Finalement, elle prit son téléphone pour entendre la voix de cet homme qui la faisait ressentir un sentiment si spécial.

- Allô. Vous êtes bien rentré ? Demanda-t-elle.

Elle sentit à ce moment que Elliot riait à l'autre bout du fil.

- De quoi riez-vous ?
- C'est dans ma tête ou vous vous faites du souci pour moi ?
- Non, même pas. Je voulais juste connaitre la

nouvelle piste que vous avez sur l'affaire. Dit Leila pour ne pas admettre la vraie raison pour laquelle elle avait appelé Elliot.

Au même moment, Leila vit le commissaire se rapprocher de son poste. Elle demanda à Elliot de garder la ligne pour qu'elle puisse satisfaire rapidement le commissaire pour ensuite revenir à lui.

- Miller, vous avez un nouveau coéquipier. Dit le commissaire devant l'air surpris de Leila.

- Comment ? Qui est-ce ?

- Il s'agit d'un consultant qui devrait vous aider sur l'affaire Pope. La suite, nous allons décider ensemble. Il commence demain. Dit le commissaire en faisant demi-tour.

- Comment s'appelle-t-il ?

- Elliot Sheniven. Je suis sûr que vous avez déjà entendu parler de lui. Il a été recommandé par le Sénateur. Vous avez intérêt à vous entendre avec lui.

- Cela ne risque pas d'arriver. Dit Leila d'une voix basse.

- Que dites-vous ? Demanda le commissaire.

- Non rien. Je ferai de mon mieux pour qu'il se sente à l'aise. Dit-elle en reprenant son téléphone.

- Là, c'est mieux. Répondit le commissaire.

Sur un ton furieux, elle s'adressa à Elliot qui avait gardé la ligne.

- Je vous ai interdit cela. Comment avez-vous fait pour être embauché ? Ce qui s'est passé aujourd'hui ne vous a pas servi de leçon ?

Vous prenez des risques inutiles dans cette affaire et je ne veux pas vous savoir en danger. Dites au Sénateur ou au commissaire que vous ne voulez plus de ce boulot.

- Si, je le veux toujours et je ne vois pas pourquoi j'irais dire au Sénateur que je ne veux plus de ce boulot. Dit Elliot qui avait l'air de se marrer.
- Vous ne le voulez plus et je ne veux pas travailler avec vous dans ce poste de police.
- Oh. Ah. Euh. Eh. Krak… Fichhhh. Disait Elliot qui simulait une perturbation du réseau.

Finalement, il coupa l'appel et laissa Leila dans sa colère.

Le reste de la journée fut sans grands mouvements. Leila toujours furieuse prit un taxi en direction de la maison de Elliot afin de le raisonner. Dès que le taxi s'arrêta devant la porte du riche homme d'affaires, Leila en sortit et paya le taxi. Elle entra dans la salle de séjour sans y être invitée. Dans cette pièce, elle ne vit personne, mais elle sentit les mouvements d'une personne qui venait du premier étage.

- Vous trouvez normal qu'une inspectrice de police n'ait pas sa propre voiture ? Demanda Elliot qui venait de descendre à moitié nu, ce qui laissait entrevoir son torse bien battu traversé par quelques petites cicatrices qui le rendait « sexy ».

Leila en perdit presque la parole, car elle admirait cet aspect viril du jeune homme. D'ailleurs, toute la colère qui l'animait depuis quelques instants venait de laisser place à de l'attirance, mais aussi à une tension sexuelle qui grimpait dans son corps. Pour ne pas perdre la face, elle tenta de convaincre Elliot afin qu'il revoie sa décision.

- Vous n'êtes plus un enfant et vous devez peser vos décisions. Et si l'on vous tirait dessus à nouveau ? Commençait par dire Leila avant de voir venir à elle Elliot, à pas de géants.

De sa main puissante, il la prit par la taille. La jeune fille essayait toujours de montrer sa colère désormais inexistante quand Elliot se mit à l'embrasser.

- Tu bavardes trop. Dit Elliot en se détachant quelques instants de ses lèvres.

La jeune fille sur le coup ne savait plus quoi dire. À son tour, elle se mit à embrasser férocement son loup-garou. Les deux s'embrassaient passionnément quand Elliot enleva le haut de Leila et le jeta loin. La jeune fille, obligée de lever ses deux bras, finit par les ramener sur le corps solide de Elliot. Également féroce, Leila poussa son amant dans le canapé et s'assit sur lui après avoir enlevé la chaussure qu'elle portait. Pendant qu'elle bougeait sa hanche avec de légers mouvements, Elliot s'occupait de lui caresser avec ses mains fermes chaque infirme partie de son corps. La jeune fille commençait par gémir sous le coup de cette excitation. En quelques secondes, Elliot passa à la vitesse supérieure, ce qui l'amena à défaire la boucle qui maintenait le soutien-gorge en dentelles de la jeune femme. Une fois enlevé, le soutien-gorge laissait voir ses deux seins bien fermes que Elliot admirait longuement avant de les prendre de ses deux mains. Ensuite, place fut faite à la bouche de Elliot qui était chargée de sucer le bout des seins de la jeune inspectrice qui perdait presque ses moyens. Il le faisait si bien et cela avait l'air de plaire à Leila qui ne manquait pas de faire de petits mouvements. Pendant que Elliot mordillait les tétons de sa douce et charmante inspectrice de police, cette dernière enlevait la boucle de sa ceinture et mit sa main dans le boxer de Elliot. D'un mouvement brusque, elle se saisit du sexe du jeune homme, ce qui ne manquait pas de déclencher chez ce dernier un léger grognement de loup. Leila enleva brusquement sa main et tous les deux cessèrent tous mouvements.

- Désolé. As-tu eu peur ? Demanda Elliot
- Non, je voulais m'habituer à cela. Dit Leila qui se mit à embrasser Elliot afin que le jeu reprenne.

Après quelques secondes, Leila s'arrêta à nouveau.

- Et ta gouvernante ?
- Elle est malade alors elle n'est pas là.
- D'accord. Répondit Leila en descendant des cuisses de Elliot.

Elle fit quelques pas en arrière tout en fixant Elliot qui n'avait pas l'air de comprendre grand-chose. Leila se mit alors à enlever son pantalon. Noire et assortie au soutien-gorge, la petite culotte en dentelles de Leila laissait transparaître quelque peu son sexe sans le moindre poil, ce qui plaisait à Elliot qui à son tour se déshabilla rapidement.

Le loup, loin de ce qu'on pouvait penser, avait de la douceur en lui et il arrivait à combiner cela avec de l'agressivité supportable pour Leila. Une fois à l'intérieur de la jeune dame, Elliot faisait les mouvements adéquats, ce qui faisait gémir encore plus de plaisir l'inspectrice de police. Le niveau d'excitation était si élevé que les grognements de loup devenaient de plus en plus fréquents. Elliot se mit alors à crier de douleur. Leila n'avait pas vite compris ce qui se passait, mais Elliot était en train de se transformer bien qu'il ne s'agisse pas d'un soir de pleine lune. Après quelques secondes de hurlement, Elliot était à présent devenu un loup. Sa peau avait laissé place à une fourrure grise, des yeux qui scintillaient dans le noir et chacune de ses respirations étaient perceptibles. Il ne ressemblait pas aux loups comme on en voyait dans les documentaires, mais il avait la posture d'un humain. La jeune femme, toute nue, était dans ce canapé sans le réflexe de fuir. Elle ne savait pas pourquoi, mais elle n'avait pas envie de fuir. Elle voulait rester là et tout son corps aussi. Durant les secondes qui suivirent, le loup voulut attaquer Leila, mais la jeune fille l'interpela.

- Elioooooooot ! Cria-t-elle, ce qui stoppa la bête qui ne fit aucun autre mouvement.

Après plusieurs minutes, la bête commençait petit à petit par reprendre l'aspect humain. Ses poils disparaissaient et la peau humaine reprenait le dessus. Dès que la transformation s'acheva, Elliot se retrouva tout nu, mais surtout tout fatigué. Il s'écroula sur le sol. Leila se rapprocha de lui, et le couvrit de ses bras. Les deux restèrent dans cette position jusqu'à une heure tardive. En pleine nuit, Elliot se réveilla et vit Leila endormie. Il la prit donc et l'amena dans sa chambre. Sur le chemin, il ne put s'empêcher de contempler la beauté parfaite dont était pourvue la jeune inspectrice.

5

Le soleil venait à peine de se lever sur la ville. Les habitants pouvaient entendre les premiers bruits des moteurs des lève-tôt qui vont déjà vaquer à leurs occupations de tous les jours. Le soleil entrait dans les maisons et illuminait les cœurs afin que les gens puissent passer de belles journées. Le soleil n'épargna pas la chambre de Elliot. Quelques rayons de soleil venaient de s'y inviter à travers la vitre qui lui servait de fenêtre. Dans le grand lit circulaire du riche homme d'affaires était couchée la jeune policière, légèrement vêtue.

Dès qu'elle ouvrit ses deux beaux yeux, elle vit devant elle un plateau de petit déjeuner qui avait l'air d'être conçu pour elle.

- Tu sais faire la cuisine ? Demanda Leila en regardant Elliot qui semblait occupé sur son ordinateur, assis derrière un petit bureau dans la chambre.
- Être riche n'est pas ma seule qualité

mademoiselle. Dit Elliot en laissant ce qu'il faisait pour aller déposer un doux baiser sur la bouche de sa dulcinée. Pour dire vrai, j'ai commandé la majorité des choses qui se trouvent dans ce plateau à l'exception de l'omelette et du café. Tu vois ? Ce n'est pas si mal que ça.

Leila sortit du lit et alla dans la salle de bain pour se rincer la bouche, mais aussi pour se laver le visage. Elle revint prendre son petit déjeuner en compagnie de Elliot.

- Je commence aujourd'hui, donc il faut… Commençait par dire Elliot avant de se faire arracher la parole par Leila.
- Tu ne peux pas, c'est trop dangereux... Commençait par dire Leila, la bouche pleine, avant de se faire interrompre à son tour par Elliot.
- Ma piste est la femme de Pope ou du moins sa maîtresse.
- Comment ? Demanda Leila qui tout d'un coup était intéressée.
- Cathy Groves, une femme de trente-quatre ans qui entretient une relation hautement secrète avec Pope. Il s'avère que les deux ont une petite fille Émilie qui vient juste de fêter ses quatre ans.
- Je ne vois pas ce qu'il y a d'intéressant là pour que cela constitue une piste ?
- Nous sommes moins d'une dizaine sur Terre

à avoir cette information. J'ai dû payer cher pour l'obtenir, car Pope fait tout pour maintenir l'identité de Cathy cachée afin que personne ne puisse faire le lien entre eux. Pope est conscient du fait que la femme peut vous être utile, mais elle peut également vous faire plonger.

- C'est tout ce que tu as comme piste ? Ce n'est rien de concret et surtout de recevable devant le procureur. Dit Leila.
- C'est toi qui le penses. Émilie n'est pas la fille de Pope comme Cathy essaye de le lui faire croire. Émilie est en fait la fille d'un jeune homme de vingt-deux ans qui vit dans une autre ville, car il a été contraint de fuir.
- Fuir ? Mais pourquoi ? Demanda Leila, une bouchée de pain dans la bouche.
- Accroche-toi. Il y a été contraint par des hommes engagés par Cathy afin de l'intimider pour qu'il ne révèle pas à Pope qu'il est le vrai père de Émilie. Cette histoire me passionne davantage.
- Comment as-tu fait pour obtenir toutes ces informations ? Demanda l'inspectrice à son informateur.
- Cinq-cent-mille pièces déposées sur un détective privé peuvent rapporter des informations hautement utiles. Il faut que j'aille me préparer. Je dois vite arriver au poste afin de me faire présenter à ma nouvelle coéquipière. Dit-il en se dirigeant vers la salle

de bain.

Après quelques secondes, Leila laissa son petit déjeuner et alla le rejoindre. Deux longues heures plus tard, Leila était à son bureau en train de penser à la nuit qu'elle venait de passer avec Elliot. Subitement, elle vit le commissaire venir vers elle, accompagné d'Elliot qui était comme d'habitude dans l'un de ses plus beaux costumes.

- Monsieur Sheniven, je vous présente Leila Miller. Une excellente policière. Elle saura vous guider lors des prochaines semaines.

Après quelques millisecondes, le commissaire s'adressait à Leila.

- Je vous présente… Commençait il par dire.
- Elliot Sheniven. Dit-elle avec un léger sourire.
- Vous vous connaissez ? Demanda le commissaire.
- Oui. Enfin non. Il est partout dans les journaux et tout le monde parle de lui. Ne vous en faites pas, je vais l'aider à s'adapter à notre service et aussi à ne pas se faire tirer dessus.
- Oui, c'est important. Dit le commissaire en faisant un petit sourire.

Après que le commissaire se soit éloigné, les deux amants désormais devenus collègues de travail se mirent au boulot pour débusquer Pope.

- C'est quoi la suite ? Demanda Leila.
- J'ai l'adresse de Cathy. Je pense qu'une petite visite s'impose. Dit Elliot.
- C'est moi qui conduis, car je suis à présent la mère.

Elliot ne comprit pas réellement ce que voulait dire Leila alors il posa la question pour en comprendre davantage.

- Dans un duo, il y a toujours le parent et l'enfant. Le parent, c'est celui qui conduit et l'enfant reste souvent sage ou des fois peut faire des bêtises. Néanmoins, tout se fait suivant ce que le parent décide.
- Je t'ai perdu lorsque j'ai compris que je pouvais faire des bêtises. Le reste, je n'en ai rien entendu. Dit Elliot alors que les deux sortirent du poste de police sous le regard des autres policiers.

Après une heure et demie de route, Leila et Elliot arrivèrent devant une petite maison dotée d'un petit jardin. Elliot proposa alors qu'ils patientent quelques instants dans la voiture afin de parler un peu d'eux, mais Leila ne trouvait pas bonne cette idée. Ils décidèrent finalement de sortir pour interroger cette dame à qui appartenait la petite maison peinte en beige. Leila toqua à la porte à plusieurs reprises. Finalement, une femme correspondant à la description de Elliot vint leur ouvrir.

- Qui êtes-vous ? Demanda-t-elle spontanément aux deux inconnus qui était au seuil de sa porte.

La vraie policière et le pseudo-policier peinaient à répondre, car ils avaient toute leur attention sur les bleus que Cathy avait sur le corps. Elle tentait de les dissimuler sous une grande tenue aux manches longues, mais on pouvait quand même les apercevoir.

Dans l'esprit de Leila et de Elliot, une seule et grande question revenait : Est-ce Pope qui lui fait subir cela ?

- Inspectrice Miller et Elliot Sheniven. Dit finalement Leila en montrant son insigne qui était attaché à sa ceinture.
- Ce gars est un flic ? Il n'en a pas l'air. Dit Cathy après avoir pris le temps d'analyser le style vestimentaire de Elliot ainsi que sa manière de se tenir.
- Non, je ne suis pas un flic. Enfin pas totalement. Je suis un consultant auprès de la police de la ville. Répondit Elliot en tendant spontanément la main à la jeune dame qui n'hésita pas à y introduire la sienne.
- Alors, que puis-je pour vous ? Demanda Cathy.
- Vous êtes bien Cathy Groves ? Nous avons à vous parler. Peut-on entrer un instant ? Demanda Leila.
- Non. Je suis désolée. Vous ne pouvez pas entrer. Dit-elle.
- Pope, vous êtes son amante n'est-ce pas ? Demanda Elliot.
- Oui. Si vous connaissez Pope alors vous devez sûrement savoir que l'on ne s'attaque pas à moi.
- Oh. Nous savons aussi que vous avez une fille avec lui. Et nous savons surtout que cette fille n'est pas celle de Pope. Le pauvre, il ne sait même pas que cette fille qu'il chérit tant n'est

pas de lui. Que pensera-t-il s'il savait que cet enfant était d'un gamin qui n'a même pas vingt-cinq ans ? Pensez-vous qu'il serait content de l'apprendre ? Demanda Elliot avec son air arrogant dont lui seul avait le secret.

La jeune dame prit peur. Sur son visage, on pouvait lire que tout ce que disait Elliot était vrai. Elle tenta désespérément de le nier, mais cela n'avait pas marché. Elle finit donc par inviter les deux visiteurs à entrer afin de discuter plus calmement avec eux. Finalement, Elliot refusa d'entrer. Pouvons-nous discuter dans le jardin ? Ce serait mieux pour nous. Vous ne trouvez pas ? Le soleil, le vent. J'aime bien cette atmosphère naturelle. Ça me calme et me détend.

- Que me voulez-vous ?
- Je ne sais pas si c'est possible de le dire comme cela, mais nous voulons la tête de Pope. Dit Elliot en jetant un coup d'œil à Leila qui visiblement n'était pas enthousiasmée par la manière de parler de son homme.
- Bon, pour faire plus simple, nous menons une enquête sur Pope et nous savons que vous pouvez nous être d'une grande aide.
- Pourquoi devrais-je vous aider ?
- Les bleus sur votre corps, la sécurité de votre fille. Vous savez, votre enfant a besoin d'un cadre propice pour son développement. Pensez-vous qu'un père trafiquant de drogue

pouvant aller en prison à tout moment est l'idéal pour vous ? Demanda Leila.

- Et ce ne sont que quelques arguments pacifiques qu'elle vous donne. Dit Elliot d'un ton amusé.
- Je ne peux pas vous aider. Il va me tuer. Répondit Cathy.
- Tout compte fait, il va vous tuer. S'il apprend que sa fille n'est pas de lui, je ne donne pas cher de votre peau.

Après quelques secondes sans rien dire, Cathy se rendit à l'évidence qu'elle était dos au mur et devait donc accepter de collaborer avec les deux policiers si elle voulait sauver sa vie ainsi que celle de son enfant.

- Vous ne savez pas ce que vous faites. Vous vous jetez dans la gueule du loup.
- Je sais de quoi vous parlez. Je commence par en avoir l'habitude. Dit Leila en jetant un rapide coup d'œil à Elliot.
- Que recherchez-vous pour le faire tomber ?
- Des preuves. C'est pourtant évident. Des preuves de ses transactions douteuses. Des comptes, des relevés, des partenaires, des gens prêts à témoigner. Nous voulons juste que vous nous donniez un tuyau bien solide et l'effet domino fera le reste.
- Qu'est-ce que vous appelez effet domino ? Demanda Cathy.
- Je crois que ce n'est pas à cause de son intelligence que Pope l'a choisi. Remarqua

discrètement Elliot.

- Tenez ce téléphone. Appelez-nous sur ça dès que vous avez des informations à nous donner. Nous espérons que cela se fera le plus tôt possible.
- Oui. Répondit timidement Cathy.
- Je peux vous demander quelque chose ? Demanda Elliot.
- Quoi ?
- Ne faites rien de stupide, car votre maison tout entière est sous surveillance. Vous devez avoir l'air normal et faire comme si tout allait bien. D'ailleurs, vous savez bien le faire. Mentir à Pope durant quatre ans sur le vrai père de votre fille. Il faut avoir du cran pour le faire. Alors, restez normale et tout ira bien.

Les deux équipiers se dirigèrent vers leur véhicule et prirent la direction du poste de police. Au poste, ils récapitulaient les informations qu'ils avaient sur Pope et sa bande. Il n'y avait rien de bien important, mais les prochains jours allaient être décisifs. En ce qui concerne le grand échange qui se fera, il aura lieu dans six jours et cela coïncidait également avec le jour de la pleine lune.

6

Chaque soir, Elliot allait déposer sa dulcinée chez elle ou Leila passait la nuit chez Elliot. Les deux tourtereaux en profitaient pour faire plus connaissance. L'entente était parfaite et surtout sans complexe. En effet, Elliot n'était pas si compliqué qu'il en avait l'air. Il savait prendre soin des gens tel un loup, mais était également strict sur certains points. Il avait l'air d'apprécier la compagnie de Leila et c'était réciproque.

Un soir, alors que Leila venait de rentrer du boulot, elle vit une disposition inhabituelle dans la salle de séjour. En effet, à défaut d'une seule et grande télévision, il y en avait à présent deux. Elliot tenait une télécommande dans les mains et sur les deux télévisions passait End Game, le film que Leila avait l'habitude de regarder à chaque Noël.

- Que fais-tu avec ce film ? Demanda Leila.
- Assieds-toi, ma chérie. J'ai quelque chose à te dire.

- Que se passe-t-il ?
- Ce que j'ai à te dire n'est pas facile à entendre, mais je pense qu'il serait mieux que tu l'apprennes. J'ai fait quelques recherches. Au début, j'ai suivi la cassette que tu m'avais donnée. Ensuite, je me suis dit qu'il fallait chercher ce qui n'allait pas avec ce film ou du moins le message qui y était caché. Je suis allé chercher sur internet le film et je l'ai joué au même moment que la cassette de ton frère afin de voir les parties qui sont différentes. Seule une séquence ou une image était différente. En effet, dans la scène de la salle de classe, sur le tableau, il y avait des coordonnées qui étaient notées. Je crois que c'est le message ça. Des coordonnées. La grande question c'est de savoir ce qu'y s'y trouve. J'ai voulu t'en parler afin que tu prennes la décision par toi-même. Tu veux y aller ? Tu veux voir ce qui se cache à cet endroit ?

La jeune fille resta silencieuse face au monologue de Elliot. Elle semblait se demander ce qu'elle allait faire.

- Je crois que ton frère ne s'est pas suicidé parce qu'il en avait marre de la vie. Il y a été contraint.
- Mais par qui ? Demanda Leila en haussant le ton.

- Je ne sais pas. On y va ? Demanda Elliot en tendant les clés de sa voiture à Leila.
- Tu peux conduire. Dit-elle.

Après avoir passé trois heures à rouler dans cette nuit noire, Leila et Elliot arrivèrent sur un petit terrain abandonné. Il avait l'air de n'avoir jamais été habité et la cabane en bois érigée sur le terrain semblait vétuste. Elliot ouvrit alors la petite porte qui faisait office de portail. Il marcha vers la cabane accompagnée de Leila qui avait peur. Son cœur battait tellement fort que Elliot entendait chaque battement. Sa petite amie était stressée, mais il ne pouvait rien faire pour la calmer à part trouver une preuve pouvant l'apaiser. Au fond, Elliot savait qu'il ne pouvait rien trouver dans cette cabane qui allait apaiser sa bien-aimée. Tout ce qu'ils allaient trouver allait rouvrir de vieilles blessures et allait faire souffrir davantage Leila.

À l'intérieur de cette cabane, Elliot aperçut une petite table couverte de poussière. Sous la table se trouvait une boîte. Cette dernière avait l'air d'être la boîte aux informations. Elliot, sans aucune crainte, alla prendre la boîte puis la posa sur la table pour l'ouvrir. Dans celle-ci, il vit une enveloppe blanche. C'était tout ce qu'il y avait dans cette boîte. Plus rien d'autre. À l'intérieur de l'enveloppe se trouvait une lettre ainsi qu'une clé USB. Elliot tendit alors la lettre à Leila qui lui demanda à son tour de l'ouvrir afin de lui lire le contenu, car elle n'en avait pas le courage.

« Si vous voyez cette lettre, c'est que je suis certainement mort dans des conditions tragiques. Je dis cela, car je sais dans quoi j'ai mis les pieds et je

sais que je ne pourrais pas avoir une mort douce. Ayant accumulé des problèmes financiers durant plusieurs années, je me suis retrouvé dans l'obligation de vendre de la drogue pour m'en sortir. Aujourd'hui, je ne pense plus vraiment que je sois obligé de faire ces sales choses pour avoir de l'argent. J'ai fait un choix, un mauvais choix qui me rattrape aujourd'hui. Durant plusieurs mois, j'ai vendu de la drogue et je me suis fait énormément d'argent. Dans le même temps, j'en ai perdu énormément. Je dois plusieurs millions à des hommes très dangereux. Depuis quelque temps, je reçois des menaces de tous genres de ces personnes. Les plus fréquentes étaient des menaces de mort. Aujourd'hui, je vais me donner la mort afin que toute cette persécution s'arrête. Je vais mettre fin à ma vie pour que tout ceci s'arrête. J'espère vivement que c'est une personne de bonne moralité qui tombera sur cette lettre. Je l'espère davantage, car l'enveloppe contient également une clé USB. Il s'agit d'un enregistrement qui pourrait faire tomber plusieurs personnes puissantes. Je crois que je suis trop lâche pour mener à bien ce combat. Je suis trop lâche pour vivre cette vie. C'est étrange de dire cela, mais j'ai peur... »

Voilà le contenu de la lettre que venait de lire Elliot à Leila qui n'arrêtait pas de pleurer. Elliot prit donc sa petite amie dans les bras afin de la consoler. C'était réellement dur d'avoir à lire une lettre d'adieu de la part de son frère. Cela l'était encore plus, car l'image d'homme courageux que la jeune femme avait de son grand frère commençait par se fondre petit à petit.

Les deux embarquèrent de nouveau à bord de la voiture avec l'enveloppe. La clé USB était l'enregistrement d'un meurtre commis par… Pope. En effet, le frère de Leila était proche de Pope et travaillait pour lui. À un certain moment, il avait décidé de doubler le patron, mais cela a mal fini. Pour s'en sortir et avec un peu de chance, il avait réussi à filmer un meurtre commis par le trafiquant.

- Ça n'a pas un poids assez lourd. Il va s'en sortir. Dit Leila devant Elliot qui avait l'air du même avis.

En effet, la vidéo qui était enregistrée sur la clé USB était réellement un meurtre. On y voyait un homme de la trentaine se faire tuer, mais on ne voyait pas clairement Pope appuyer sur la détente. Ce n'était donc pas une preuve qui allait les aider devant le procureur. La balle était de nouveau à terre et il fallait encore compter sur la coopération de Cathy. De son côté, Leila était triste, car en une journée, elle venait d'en apprendre davantage sur son frère et sur les raisons qui l'avaient poussé à se suicider.

- Pope, il va me le payer. À cause de lui, mon frère a mis fin à sa vie. Je ferai en sorte qu'il tombe et qu'il n'ait aucune chance de s'en sortir. Quoi qu'il m'en coûte, je le ferai tomber. Commença par dire Leila, toute furieuse à Elliot.
- Calme-toi, ma chérie. Il ne faut pas que tu te laisses guider par la colère.

Elliot prit Leila dans ses bras et celle-ci y resta plusieurs minutes. Finalement, Elliot la porta dans ses bras et l'amena dans la chambre afin qu'elle puisse se reposer. Le lendemain, Leila était d'attaque pour faire de nouvelles avancées sur le dossier Pope. Elle appela Cathy afin d'avoir des nouvelles, mais le numéro ne passait pas. Leila prit donc un taxi et sans en parler à Elliot, elle se rendit au domicile de Cathy afin de se renseigner. Cette rencontre n'était pas prévue, mais la jeune inspectrice n'avait plus de temps à perdre avec des formalités ou autres choses qui allaient encore lui perdre du temps. Elle voulait en finir une bonne fois pour toutes avec cette histoire qui durait depuis bien trop longtemps. Une fois que le taxi se gara devant la maison de Cathy, Leila descendit, parcourut le jardin et monta les marches d'escalier. Elle toqua à la porte, mais après plusieurs tentatives, personne ne répondit. Leila décida donc d'entrer en forçant la serrure afin de voir ce qui se passait avec la jeune femme. Dans son esprit, si elle entrait et qu'elle trouvait Cathy à l'intérieur, Leila allait discuter avec elle. Si par contre, elle ne la trouvait pas, elle allait fouiller son domicile.

En faisant quelques pas dans la petite pièce qui faisait office de salle de séjour pour Cathy, Leila fut confrontée à une scène macabre. Cathy était allongée sur le sol avec deux balles logées dans le crâne. Il n'en fallait pas plus pour confirmer que la jeune femme avait été froidement exécutée par quelqu'un. Sans rien toucher, Leila appela ses collègues policiers, mais aussi Elliot pour qu'ils puissent venir prendre le corps et nettoyer la scène de crime.

- Il l'a tué pour se couvrir. Comment a-t-il su ? Comment ? On a été prudent pourtant n'est-ce pas ? Demanda Leila à Elliot qui visiblement ne comprenait également rien.

- Oui, nous avons été prudents. C'est sûrement elle qui ne l'a pas beaucoup été. Elle l'a payé de sa vie.

- Nous revoilà au point de départ. Dit Leila à Elliot qui venait de faire son regard illuminé.

Leila connaissait bien trop ce visage. Elle comprit que le jeune homme venait d'avoir une idée.

- Tu penses aux caméras de surveillance dans la maison ? Demanda Leila qui était impatiente de savoir ce que pensait le loup-garou.

- Non, pas du tout. Je ne pense pas que Pope puisse demander à ce qu'on la tue sans se débarrasser de tout ce qui pouvait le relier de près ou de loin à ce crime. Je pense à autre chose.

- Alors, à quoi penses-tu ?

- À faire du bluff. Dit Elliot avec un petit sourire accroché sur son visage.

- Explique-toi.

- Nous détenons un enregistrement d'un meurtre. Ce qui est sûr, c'est qu'on ne voit pas clairement Pope commettre ce meurtre, mais on entend par contre des choses. On entend le mec assassiné qui suppliait pour sa vie. Penses-tu qu'un assassin puisse oublier les derniers mots d'une personne qu'il a tuée de ses propres mains et à une distance aussi proche ?

- Non. Alors où se trouve ton bluff ?

- Nous allons obliger Pope à commettre une erreur en lui disant que nous détenons une preuve de ses agissements. Au téléphone, nous allons jouer la vidéo et Pope pourra entendre les dernières paroles de l'homme qu'il avait tué. Là, il sera convaincu que nous avons une preuve. Dans cette grande panique, il va certainement commettre une erreur qui va nous permettre de le prendre.

Leila restait alors bouche bée et semblait valider son plan. Au même moment, elle eut également une idée. Elle se retourna sans rien dire à son partenaire et se dirigea vers la scène du crime. Elle alla dans la chambre de la victime, fouilla précipitamment dans ses affaires afin de retrouver le téléphone qu'elle lui avait donné, mais aussi celui qu'elle utilisait. Le téléphone de Cathy était très important, car il allait les informer sur certaines choses. Les deux partenaires rentrèrent au poste de police afin d'affiner les derniers détails de leur plan. Visiblement, cela allait être le bouquet final et il fallait que tout soit en ordre afin que les évènements ne se retournent pas contre la police. Le soir de ce jour, alors qu'il ne sonnait pas encore huit heures, les deux tourtereaux décidèrent alors de faire un break. Cela tombait bien, car le lendemain était un week-end. Elliot, tenant une fléchette en main, vint alors près de Leila qui était assise dans son canapé.

- Que fais-tu avec ça dans la main ?
- Lève-toi et viens. Répondit Elliot en aidant Leila à se lever.

Devant une carte du continent, Elliot remit la

fléchette à Leila et lui demanda de la lancer. Leila obtempéra et lança la fléchette qui tomba sur une plage au nord de la ville dorée.

- Tu as lancé la flèche sur une ville côtière du pays voisin. Alors, prend tes quelques effets qui sont ici, nous allons en week-end. Dit Elliot qui fit mine de se diriger vers sa chambre quand elle entendit une question de la part de sa compagne.

- Mais c'est à plus de quatre heures de route d'ici, et cela même si nous prenons l'une de tes voitures super puissantes. Nous allons faire tout ce chemin pour aller se retrouver fatigués dans cette belle ville ?

- Qui te parle d'y aller en voiture ? Mon jet nous attend. Allons, nous allons décoller dans trois quarts d'heure, mon amour. Dit-il en embrassant Leila.

Les deux prirent le chemin et se dirigèrent vers l'aérodrome où se trouvait le jet de Elliot. Cet appareil, très beau à l'extérieur, avait les lettres « ES » gravées à l'avant avec une peinture dorée. L'intérieur de l'appareil volant était encore plus recouvert de la couleur dorée. Les quelques sièges qui s'y trouvaient étaient faits en cuir doux et surtout confortable. Jamais de sa vie, Leila n'était entrée dans un tel appareil. Elle était sidérée par tout ce qu'elle voyait, mais de son côté, Elliot avait l'air d'être dans son élément. C'était son monde.

- Pouvons-nous décoller Monsieur Sheniven ?

Vint demander un homme qui était sans doute le pilote.

- Oui, allez-y, Éric. Répondit le riche homme qui était très gentil et souriant avec cet Éric.

Après le départ d'Éric, c'était au tour d'une ravissante jeune dame de s'approcher de Elliot.

- Que voulez-vous boire, Monsieur Sheniven ? Demanda-t-elle d'une voix mélodieuse.
- Rien pour le moment. Demandez à la demoiselle ici présente si elle veut prendre quelque chose. Dit Elliot.

Leila ne prit rien, tout comme Elliot. Après un quart d'heure de voyage, le couple arriva à destination et s'installa dans un luxueux hôtel. Le lendemain allait être le début d'un long et merveilleux week-end. Leila dormait encore allègrement quand elle fit réveiller par le bruit des vagues le lendemain. La veille, pour une raison qu'elle ignorait, elle ne les avait pas entendues. Ce beau son que pouvait donner la rencontre des vagues était si plaisant et si réconfortant à la fois. Mais le plus réconfortant restait le fait de constater qu'elle se trouvait dans les bras de son charmant amant. Les quelques mouvements de Leila réveillaient Elliot qui ne se fit pas prier pour embrasser sa tendre dulcinée.

- Je t'aime. Dit-il d'une voix pas très nette et brouillée par le sommeil qui ne l'avait pas totalement quitté.
- Je t'aime aussi, mon amour. C'est vraiment fou d'être ici avec toi pour deux jours. Dit Leila qui embrassait à son tour Elliot.

Pendant que les deux amoureux s'échangeaient des baisers, ils entendirent quelqu'un sonner à la porte.

- C'est sûrement le petit déjeuner. Dit Elliot en prenant son pyjama et en allant ouvrir.

Depuis le lit, Leila pouvait entendre Elliot remercier la personne qui venait de les servir. Ils déjeunaient ensemble dans une bonne ambiance quand quelques minutes plus tard, le téléphone de Leila se mit à sonner.

- C'est le commissaire. Dit-elle en montrant l'écran de son téléphone à Elliot qui se trouvait juste devant lui.

Leila décrocha.

- Allô, commissaire. Que puis-je pour vous ?
- Nous avons une enquête urgente à résoudre et nous vous attendons d'ici une heure.

Après quelques secondes de réflexion sur l'histoire qu'elle allait inventer, Leila prit la parole :

- Oh, je suis désolée, mon commissaire. C'était le week-end alors j'en ai profité pour rendre visite à ma sœur malade de l'autre côté de la ville. Actuellement, elle n'a personne à son chevet et j'ai décidé de prendre ce week-end pour veiller sur elle.
- D'accord. Nous allons voir comment nous débrouiller sans vous. Dit le commissaire en raccrochant.

Après avoir déposé le téléphone, Leila et Elliot se mirent à rire à gorge déployée dans une synchronisation parfaite.

- Alors on va à la plage ? Demanda Elliot.
- Nous n'avons pas fait tout ce chemin pour nous enfermer dans cette chambre, n'est-ce pas ?
- Bien sûr que non, mon amour. Dit Elliot en embrassant une nouvelle fois sa dulcinée.

Leila se leva et alla se préparer. Elle mit un maillot de bain vert fleuri qui laissait voir ses fesses à la fois fermes et souples. Elliot ne put résister. Il se leva donc, se rapprocha tout doucement de sa chérie puis la saisit par la taille. Il lui fit des bisous sur la bouche, les joues, le cou, les épaules, le haut de la poitrine, les seins, le ventre… Progressivement, Elliot descendit vers le sexe de Leïla alors que cette dernière faisait une légère pression sur la tête de son homme avec ses mains. Elliot fit l'amour passionnément à sa bien-aimée. À la fin de cette partie de jambes en l'air, ils se reposèrent, prirent ensuite un bain et finirent par descendre de leur chambre. Ils se dirigèrent main dans la main vers la plage qui était moyennement bondée de monde. On pouvait y voir des hommes et femmes seuls, certains en couple et d'autres venus avec leur famille afin de passer un bon week-end. Allongés sur ce sable fin, les deux tourtereaux laissaient le soleil s'écraser sur leur visage, ce qui leur faisait un grand bien.

Confortablement allongée, Leila ne put s'empêcher de penser au travail.

- Penses-tu que nous allons pouvoir arrêter Pope, à commencer par sa transaction qui aura lieu dans quelques jours ? Demanda Leila à Elliot qui avait ses lunettes de soleil posé sur son visage.

Il ne répondit guère à la question de Leila. Cette dernière insista, mais Elliot ne lui donnait toujours pas la moindre réponse. Il était muet comme une carpe. L'insistance de Leila devenait agaçante pour Elliot qui se leva, porta Leila sur ses épaules et se dirigea vers la mer. La jeune fille se débattait en rigolant, mais cela ne perturbait nullement Elliot qui rigolait également. Finalement, le jeune homme alla jeter sa dulcinée dans la mer et revint s'allonger en toute tranquillité. Cette tranquillité ne dura que quelques minutes, car Leila était de retour et cette fois-ci, elle venait tirer Elliot afin qu'il vienne également nager avec elle. Elliot finit par céder et les deux s'amusèrent comme des fous au milieu de ce monde qui semblait inexistant à leurs yeux.

7

Ce samedi fut inoubliable pour la jeune fille qui passa une très belle journée en compagnie de l'homme qu'elle aimait et qui l'aimait également. Elle donnerait tout pour que cette petite vacance dure plusieurs jours, mais malheureusement, elle tirait vers sa fin. Alors que Leila se remettait de cette journée assez mouvementée, elle entendit quelqu'un ouvrir brutalement la porte. Son réflexe de policière prit le dessus et elle fit sortir son arme qui se trouvait dans la petite table de nuit près du lit. Elle la braquait sur la personne qu'elle pensait être un intrus.

> – Eh voilà, c'est comme ça que leur histoire d'amour prit fin. Elle assassina l'homme qu'elle aimait d'une balle en plein crâne. Dit Elliot d'un air amusé.

Cela amusait également Leila qui rangea son arme.

> – Allez, habille-toi, nous allons voir le coucher du soleil. C'est magnifique. Allez vite. Dit

Elliot d'une voix qui se voulait pressante.

Une fois descendue et en marchant le long de ce sable fin avec son amant, Leila eut l'idée d'enlever sa chaussure afin de laisser sa paume de pieds se frotter au sable. C'était si relaxant. Main dans la main, les deux amoureux, dans leur marche, étaient dérangés par quelques vagues qui venaient tutoyer leurs pieds.

À un certain moment, fatigués de marcher, ils s'asseyaient pour contempler ce beau soleil qui avait fini d'illuminer la ville, du moins pour cette journée. Leila était assise entre les jambes d'Elliot et les bras de ce dernier recouvraient sa dulcinée. Un silence s'installa et les deux amoureux ne faisaient plus qu'un avec la nature. La suite du week-end fut tout aussi magique et le dimanche soir, à bord du même jet, ils rentrèrent à la cité dorée. Alors que l'appareil volait et que Elliot était allongé et recouvert d'un drap blanc, Leila prit la parole :

- Je suis heureuse d'être avec toi, mon chéri. Je sais que cela peut paraître bizarre, mais… Commençait par dire Leila avant que Elliot ne lui prenne la parole.

- Ne nous rappelle plus ton enfance difficile ou toutes tes difficultés. Je veux que tu profites de cet instant et de ceux à venir. Nous sommes heureux et j'aimerais construire mon avenir avec toi afin que l'on soit encore plus heureux ensemble. Alors peu importe ce que tu as vécu par le passé ou ce que j'ai vécu, nous pouvons les laisser derrière nous et avancer. Profitons juste de ce bonheur et ne sabotons pas tout. Tu penses qu'on pourrait y arriver ?

- Je suis amoureuse d'un loup-garou. Je pense que je peux y arriver. Dit-elle en rigolant.

Elliot ouvrit légèrement ses bras afin que sa belle inspectrice vienne se coucher près d'elle, ce qu'elle ne refusa guère. Les deux firent le reste du voyage, blottis l'un contre l'autre.

Cela faisait deux jours que l'échange de Pope avait eu lieu et que Elliot s'était transformé le même soir. Leila avait décidé de ne pas intervenir, car elle avait un meilleur plan. Ce lundi matin, la vie professionnelle devait reprendre et c'était le jour qu'avaient choisi les deux amoureux pour passer ce fameux coup de fil à Pope.

Tôt le matin, alors qu'elle avait passé la nuit dans son appartement, Leila avait l'air stressée par tout ce qui allait se passer dans la journée. L'enquête allait connaitre un tournant décisif et cet appel qu'ils s'apprêtaient à passer allait conduire à un dénouement. Soit Pope ridiculise la police soit il se fait arrêter. Elle prit son taxi comme d'habitude et vint au poste de police. Sur son bureau était posé un café et Elliot était assis à l'ancienne place de Grace.

- Alors, on passe cet appel ou on attend encore que la journée commence pour le faire ?
- On y va maintenant. Dit Leila.

Leila prit alors son téléphone et composa le numéro de Pope qu'elle avait pris chez Elliot. Pendant ce temps, Elliot allumait la vidéo.

- Oui, allô Monsieur Pope. C'est Leila Miller. Dit Leila après que le trafiquant ait décroché l'appel.

- Inspectrice. Comment allez-vous ? Cela fait longtemps que j'attends votre appel. Enfin, le maillon fort de la chaîne m'appelle. Dit-il en rigolant.

Après quelques secondes de silence, Leila reprit ses esprits.

- Je tenais à vous informer que notre enquête sur vous a très bien évolué et que nous avons à présent une preuve qui causera le début de votre chute. Vous ne pouvez pas imaginer ce que nous avons sur vous.

- Suis-je sur écoute ? Vous vous attendez à ce que je dise quelque chose de grave afin que vous puissiez m'enregistrer ? Je n'aurais pas imaginé que la police de cette ville tomberait aussi bas.

- Vous vous trompez. Attendez un instant. Dit Leila en mettant le téléphone près de l'ordinateur portable qui jouait la vidéo de l'assassinat.

Une fois la vidéo terminée, Leila reprit sa conversation.

- Cette voix, cette personne tuée… Vous vous en souvenez ?

- Que voulez-vous pour me donner cette vidéo ? Demanda Pope qui était pris au piège.

- Pas grande chose. Je veux discuter avec vous. Mais avant cela, vous ne devrez pas mettre en circulation la marchandise que vous avez reçue il y a deux jours. Si vous le faites, cette vidéo tombera dans les mains du procureur et je ne donne pas cher de votre peau. Vous comprenez ?

- Oui. Répondit timidement Pope. Saluez-moi Elliot. Je sais qu'il est là et qu'il est à l'écoute. Finit-il par ajouter avant de raccrocher.

Le plan avait marché, mais il fallait encore la jouer finement s'ils voulaient réellement neutraliser ce dangereux criminel. Les deux amoureux peaufinèrent les détails restants du plan jusqu'à tard dans la soirée.

- Il faut que je rentre. Dit Leila.
- Oui, il se fait tard. Remarqua Elliot. Je te dépose ? Demanda-t-il.
- Sinon, qui allait le faire ? Tu ne veux quand même pas que je prenne un taxi ? Non ? Demanda Leila sur un ton taquin, ce qui fit rigoler Elliot.

Elliot déposa alors Leila devant son immeuble, mais n'avait pas reçu la permission de monter, car Leila se sentait fatiguée. Elle monta donc seule et arriva devant la porte de son appartement. Sans pour autant savoir pourquoi, elle eut un mauvais pressentiment. Elle sentait que quelque chose de grave allait se produire dans les instants qui allaient suivre. Mais Leila ne fit pas attention, prit la clé de son appartement pour ouvrir la porte principale. Dès qu'elle entra chez elle, elle n'eut même pas le temps de se rendre compte de ce qui se passait avant de se retrouver assommé. En effet, la jeune femme venait de se faire agresser par quelqu'un qui l'attendait dans son appartement. À l'aide d'un mouchoir imbibé d'une substance pour endormir sa proie, la personne assomma Leila puis la transporta hors de chez elle avant qu'elle ne soit finalement embarquée dans un fourgon. Leila était totalement inconsciente et n'avait donc aucune idée de ce qui se passait autour d'elle. D'ailleurs même si elle était consciente, elle n'allait rien voir de bien concluant, car ses agresseurs avaient des cagoules pour couvrir leurs visages.

Après une durée qu'elle ne pouvait estimer, Leila se réveilla enfin. Néanmoins, elle ne vit toujours rien, car elle avait les yeux bandés. Cependant, la transparence du tissu qui avait servi à lui couvrir les yeux lui permettait de voir quelques rayons de soleil qui avaient l'air de provenir d'un petit trou dans un mur. Le soleil s'était donc déjà levé.

- Qui est là ? Qui êtes-vous ? Que me voulez-vous ? Commençait par scander Leila sur un ton agressif.

Leila n'avait aucune réponse et la seule chose qu'elle entendait était sa propre voix qui faisait échos dans cet endroit. Après ce qui pouvait sembler être des heures, l'inspectrice de police qui avait soif et faim, entendit un bruit qui semblait être celui d'une porte épaisse qui s'ouvrait.

- Qui est là ? Qui est là ?
- Fermez-la. Le patron demande de vous nourrir afin que vous repreniez des forces, car nous aurons besoin de vous. Dit l'homme qui venait d'enlever le tissu qui avait servi à

couvrir les yeux de la jeune inspectrice.

Leila pouvait à présent voir clair. Devant elle se tenait un homme d'une taille presque interminable, chauve et surtout qui n'avait pas l'air d'un autochtone. Leila savait que discuter avec cet homme pour réclamer sa liberté était une peine perdue. Elle décida alors de poser des questions faciles auxquelles l'homme n'aurait pas du mal à répondre.

- Quelle heure fait-il ? Demanda-t-elle en ouvrant l'eau que venait de lui apporter l'homme devant elle.
- Il est 10 heures. Répondit l'homme avec une mine complètement serrée.
- D'accord. Vous comptez rester ici avec moi ?

L'homme ne répondit pas et Leila en déduisit alors qu'il allait rester là encore bien longtemps. La vraie question, Leila l'avait dans son esprit. Qui a bien pu la kidnapper ? Même si elle pensait que Pope était probablement derrière cela, elle n'y croyait pas vraiment. Leila était donc là, avec comme compagnie un homme qui n'était pas véritablement bavard. Elle finit son plat de riz et se reposa sachant que toute la police et son loup-garou feraient tout pour la retrouver.

De l'autre côté, la police était réellement en alerte pour retrouver l'inspectrice Miller qui avait disparu depuis plus de douze heures. Plus de douze heures au cours desquelles elle n'avait donné aucun signe de vie avec son numéro qui était injoignable, mais aussi impossible à localiser. Les choses se compliquaient et plus les heures évoluaient, plus les chances de la retrouver en vie devenaient minces. De son côté, Elliot jouait au loup solitaire pour retrouver celle qu'elle aimait. D'habitude si bien habillé et si soigné, cette fois-ci, Elliot avait les cheveux en désordre et était vêtu du tee-shirt gris dans lequel il avait dormi. Il n'avait pas vraiment la tête à se préparer, car en constatant que le numéro de Leila était injoignable, il était parti en vitesse chez elle. En trouvant la porte de son appartement ouverte, Elliot avait senti que quelque chose n'allait pas.

Il tentait donc seul de retrouver Leila. À dix-huit heures, il reçut un appel provenant d'un numéro inconnu.

- Qui est-ce ? Demanda le loup d'un ton agacé. Ses yeux se changeaient presque en ceux d'un loup tellement le stress et la colère prenaient le dessus.
- Calme-toi, mon vieil ami. Dit une voix qui semblait être celle de Pope. Je détiens ta petite copine en lieu sûr et je peux t'assurer qu'elle est très bien traitée. Dit Pope avec un sourire moqueur.
- Que veux-tu, espèce de fumier ? Lâche-la et viens régler cela en face à face.
- Tu sais bien que je n'ai aucune chance de te battre. J'ai quelque chose à te proposer si tu veux revoir ton inspectrice en vie.

Elliot resta silencieux et ce silence donna le feu vert à Pope pour qu'il énonce sa proposition.

- Je veux la seule et unique copie de la vidéo

que vous détenez. Et si vous vous avisez à faire une copie pour la garder, je vous promets de vous traquer et de vous tuer l'un après l'autre. Je peux vous le garantir. Tu connais ma force de frappe et tu sais que rien ne pourra m'empêcher de défendre mes intérêts, même pas un loup-garou. Apporte la vidéo, ce soir à vingt heures à l'adresse qui va s'afficher sur ton téléphone dans quelques instants. Une fois que j'aurai reçu la vidéo, tu pourras récupérer ta bien-aimée et vous allez repartir en amoureux.

Pope raccrocha et aussitôt, le téléphone de Elliot lui signala une notification qui n'était rien d'autre que l'adresse à laquelle il devrait se rendre avec la vidéo. Elliot n'avait nullement l'intention d'impliquer la police dans cet échange. D'ailleurs, il comptait repartir au poste, passer un coup de fil, récupérer la vidéo et se rendre directement sur les lieux. De son côté, Pope n'avait pas réellement peur de ce qui pouvait se passer, car il était convaincu que Elliot n'allait pas prendre le risque de révéler sa vraie nature dans une affaire où la police était impliquée.

Sur le lieu du rendez-vous qui était une fourrière abandonnée, Pope et ses hommes étaient déjà arrivés. Leila était avec eux, la bouche et les mains bâillonnés. À vingt heures pile, Elliot se pointa sur le lieu du rendez-vous avec une clé USB en main. Il se fit fouiller de fond en comble afin de s'assurer qu'il n'avait pas de micro caché sur lui. Ce n'était pas le cas alors Pope et Sheniven pouvaient donc discuter tranquillement.

- Alors, vous pensiez pouvoir me coincer pour ce meurtre ? Vous n'êtes qu'une bande d'amateurs. Avez-vous oublié qui je suis ? Je suis Martin Pope, l'un des hommes les plus puissants de ce pays, mais aussi de ce continent. Ce ne sont donc pas deux moins que rien de votre genre qui vont m'arrêter.
- Tu dois payer pour ce meurtre que tu as commis. Cet homme que tu as tué de sang-froid, il faut que tu payes.
- Je ne crois pas. Laisse-moi te dire que je suis bien au-dessus de la loi. Je suis intouchable. Il méritait ce qui lui est arrivé. Pourquoi devrais-je payer ?
- Waouh. Et puis-je savoir ce qu'il a bien pu faire pour mériter une telle correction de la part du maître suprême ?
- J'ai voulu lui donner cette leçon, car ce fumier me volait de l'argent. Mais ma question est de savoir qui a bien pu filmer cela ?
- Je ne saurais le dire. Dit Elliot en jetant pour la énième fois un coup d'œil à Leila.
- J'aurais aimé discuter avec vous, mais mes affaires m'attendent. J'ai une ville à inonder de drogue de bonne qualité. Dit Pope de son air sûr de lui et surtout fier.

Après avoir dit cela, l'un de ses hommes s'avança et prit la clé USB des mains de Elliot puis l'introduisit dans un ordinateur. Quelques minutes plus tard, la clé USB dégagea une fumée blanche et semblait désormais irrécupérable. Pope pour sa sécurité, prit à nouveau Leila avec lui. En effet, n'ayant aucune confiance en Elliot, le trafiquant de drogue décida donc de larguer Leila à quelques kilomètres du lieu de rendez-vous afin que le loup-garou ne les suive pas. Tant que sa petite amie était en danger, Elliot ne voulait rien tenter de stupide alors il restait calme. Dès que Pope s'éloignait avec ses hommes, Elliot commençait par chercher sur les lieux les micros. En effet, dès qu'il avait reçu l'appel de Pope, il avait décidé de tenter un coup. Son idée était d'enregistrer Pope en train d'avouer certains de ses crimes. Ainsi, à l'aide d'un de ses hommes qui s'était déguisé afin d'entrer dans la fourrière pour y installer des micros un peu partout plus tôt, la conversation fut enregistrée et la police avait à présent une preuve de certains agissements de Pope. Le trafiquant allait connaitre dans les jours à venir une descente aux enfers sans précédent et rien ne présageait qu'il allait voir la lumière du jour si le procureur se saisissait de son affaire.

De son côté, Leila revint saine et sauve et salua l'ingéniosité de son homme. Elle était très fière de son loup-garou. Après quelques semaines, l'enquête fut bouclée et l'organisation de Pope fut complètement démantelée. Elliot avait un poste permanent de consultant auprès de la police, ce qui lui permettait de travailler avec sa bien-aimée. La bête et l'inspectrice vivaient leur amour à travers les enquêtes, mais aussi Grace à des sorties romantiques que préparait souvent Elliot pour impressionner sa belle et tendre amante.

8

La vie à la cité dorée était devenue de plus en plus confortable et tout le monde s'y plaisait. La ville attirait de plus en plus de riches hommes d'affaires à la recherche de bons investissements. L'un des arguments marquants avec lequel le maire de la ville arrivait à convaincre ces potentiels investisseurs était le taux de criminalité qui était très bas. Ce pourcentage qui ne cessait de s'améliorer était en effet le fruit des efforts fournis par les policiers de la ville.

En ce qui concerne Leila et Elliot, leur amour était au beau fixe et tout allait bien même s'il arrivait qu'ils se disputent de temps à autre, ce qui était tout à fait normal dans un couple. Un soir après une dure journée de travail au poste de police, Elliot invita sa ravissante compagne à un dîner dans l'un des restaurants les plus luxueux de la ville. Une telle invitation ne se refusait pas. Leila et Elliot dégustèrent donc un merveilleux repas quand la jeune inspectrice se mit à fixer des personnes se trouvant à une autre table au loin. À voir l'air qu'elle affichait, Leila semblait avoir reconnu quelqu'un qu'elle connaissait. Au même moment, cette personne se leva et quitta sa table.

- Que se passe-t-il ? On aurait dit que tu as vu un fantôme. Dit Elliot qui sentit que quelque chose n'allait pas.
- Non, tout va bien. Je crois que je suis épuisée par la journée d'aujourd'hui.
- Je comprends. Nous avons presque fini et je pense qu'on pourra rentrer afin que tu puisses te reposer. Proposa Elliot à sa compagne sans que cette dernière y trouve d'objection.

Le lendemain, le poste de police était bourré de monde. Des déclarations de perte, des enfants perdus qui n'arrivaient pas à retrouver le chemin de la maison et autres. Tout semblait confus et les agents présents avaient l'air débordés par la situation chaotique qui régnait. Dans le même temps, à quelques mètres du poste de police, l'hôpital Saint Patrick recevait plusieurs cas d'overdose à une substance jamais vue par les médecins. Les quelques sachets de ce produit retrouvés sur les victimes confirmaient la Tomrie suivant laquelle il s'agissait d'une nouvelle drogue qui avait envahi le marché. La police fut alertée et grand fut l'étonnement de Leila et de Elliot, car la seule personne pouvant être à la base de ce genre de commercialisation était enfermée depuis des mois et n'avait aucun moyen de communiquer avec le monde extérieur. De plus, toute son organisation avait été démantelée ce qui ne lui permettait plus de poursuivre ses agissements. En d'autres termes, Pope n'était pas à la base de cette nouvelle invasion. Il s'agissait sûrement d'une autre personne comme lui.

Leila et Elliot se rendirent à l'hôpital afin d'interroger les quelques victimes, mais ils n'arrivaient à rien tirer d'eux, car ils étaient tellement shootés qu'ils avaient du mal à bien ordonner les mots qui sortaient de leurs bouches.

- Qui est-ce qui peut bien vendre cette merde dans la ville ? Demanda Leila en sortant de l'hôpital.
- C'est ce que nous devons découvrir. Avec ce que nous avons, je peux déjà te dire qu'il ne s'agit pas d'un amateur, mais de quelqu'un qui connait le domaine et qui sait ce qu'il fait. Cette drogue a été synthétisée et je suis sûr que les analyses vont révéler que c'est la première fois qu'on la vend dans notre pays. Je crois que nous avons plus à faire à un criminel du style de « The Chimist » que celui de Pope.
- C'est quoi la différence ? Demanda Leila.
- Pope est juste un commerçant. Son souci majeur, c'est l'argent alors que The Chimist ou Le Chimiste n'a pas cela comme objectif. Tout ce qu'il veut, c'est détruire les autres et si au passage, cela peut lui rapporter de l'argent, alors c'est tant mieux.
- D'ailleurs, qui est ce « The Chimist » ? Finit par demander Leila.

Il y a un siècle de cela, un jeune garçon de treize ans nommé Alfredo Barnes se sentait rejeté par la société. Il était marginalisé par ses amis, violenté par sa mère, violé par son beau-père. Dans le temps, le jeune garçon n'avait aucun repère. Son unique modèle c'est-à-dire son père était décédé dans un accident de circulation. Des années après, se sentant toujours mis à l'écart, il décida de trouver une solution afin que les gens aient besoin de lui. À défaut d'inventer une solution pour rendre la vie plus pratique aux autres, il décida de créer un mélange qui allait rendre les gens accros, une sorte de drogue que personne n'avait jamais vue auparavant. Après plusieurs mois de tests sur des humains qu'il kidnappait, la solution nommée « Barnes » en hommage à son père et aussi à lui-même fut mise sur le marché. Sur une période de deux ans, le Barnes avait fait plusieurs milliers de morts par overdose. À cause de cette drogue, des milliers de familles se sont vues détruites, des gens sont devenus violents, des personnes promises à des destins brillants ont vu leur avenir partir en fumée et leur vie basculer. Alfredo avait créé dans un laboratoire le pire démon qui pouvait exister sur Terre et ce démon était dans un sachet vert fleuri avec l'image d'une mouche dessus.

- Et qu'est-ce qui s'est passé pour Alfredo et pour son produit « Le Barnes » ?
- Je ne sais pas si c'est par chance, mais Alfredo était paranoïaque et il n'avait donc confiance en personne. Il n'a jamais voulu vendre la formule de son invention à qui que soit. Le Barnes ne pouvait donc pas être développé sans Alfredo. Finalement, Alfredo est mort. Aussi dangereux qu'il soit, il a été tué par un vieux monsieur de soixante-dix ans qui lui en voulait d'avoir pris son fils. Alfredo est ainsi mort et son cadavre a été brûlé sur une place publique ainsi que toute son invention. Le produit a encore fait des ravages durant quelques mois, mais a fini par disparaître, car personne d'autre ne pouvait le fabriquer.
- Tu penses que nous avons une chance ? C'est le premier jour de l'arrivée de cette drogue et regarde les dégâts causés dans toute la ville. Avons-nous une chance de nous en sortir sans que la ville n'en prenne un coup ?
- Je ne pense pas. Cette histoire va laisser de grandes séquelles dans notre ville.
- Pourquoi en es-tu si sûr ?
- Le développement d'une ville est basé sur sa jeunesse. Pour porter un coup fatal à une ville, il faut s'attaquer à sa jeunesse et dès que celle-ci plonge et sombre, la ville ne vit plus. D'ici quelque temps, si les choses continuent ainsi, nous allons constater que la ville sera divisée en deux grands blocs : les junkies et

les clean. C'est clair qu'avant il y avait ces deux camps, mais cette fois-ci, ce sera plus accentué. Les personnes clean vivaient avec les junkies et essayaient de les aider à s'en sortir, mais dans les prochains jours, ce ne serait plus le cas. Au contraire, les junkies vont chercher à se tirer vers le bas entre eux. Le massacre va être énorme.

- Nous avons pu arrêter Pope. Nous pouvons aussi espérer que nous allons l'arrêter également.
- Gardons espoir, ma chérie. Dit Elliot pendant que Leila démarrait la voiture.

La pression au niveau du poste de police grimpait tout d'un coup encore plus. Et comme d'habitude dans ces moments, le commissaire devenait hautement stressé. Il ne se contrôlait presque plus et voulait que chacun de ses agents travaille plus que d'habitude. Toutes les bonnes équipes devraient être sur l'affaire de la nouvelle drogue. Dans la foulée, un homme vint au poste police pour saluer le commissaire. Cet homme se présenta comme Bradley Arlington, un homme d'affaires qui avait pour intention de saluer les policiers qui faisaient du bon boulot au sein de la ville et faire un don pour l'association des veuves de la police de la ville. Malgré tout le vacarme qui régnait dans le poste, le commissaire décida de présenter l'homme à ses collaborateurs.

Une réunion fut alors organisée dans la grande salle de conférence.

- Chers collègues, vous savez que nous

traversons une situation difficile. J'ai ici un homme qui souhaite vous voir et vous féliciter pour le travail que vous abattez tous les jours pour la sécurité de notre ville. Je ne sais pas si cela peut vous apporter quelque chose, mais j'espère vivement que cela va vous motiver afin que nous puissions lutter efficacement contre la nouvelle menace qui se profile. Alors, laissez-moi vous présenter Monsieur Bradley Arlington.

Dès que Leila posa les yeux sur cet homme, elle eut un déclic. Elle n'en revenait pas et à un moment, elle pensait qu'elle avait des hallucinations. Cet homme qui se présentait comme étant Bradley Arlington était en effet son frère, Gregory. Les années avaient passé et il avait bien pris de l'âge, mais la jeune femme ne pouvait pas se tromper. Leila resta debout près de Elliot sans savoir quoi faire.

Son frère était encore en vie. Cela avait l'air d'une absurdité dans son esprit, car elle l'avait vu suspendu au plafond de sa chambre et les ambulanciers étaient venus pour constater le décès. Il y avait même eu un enterrement où des gens pleuraient à chaudes larmes notamment elle. Comment se fait-il qu'il soit toujours en vie ? C'était là, la principale question qui occupait tout l'esprit de la jeune policière.

Après un bref discours, le soi-disant Bradley sortait du poste de police quand Leila s'adressa à Elliot.

- Cet homme, c'est mon frère Gregory. Dit-elle à voix basse.

- Quoi ? Mais Gregory est mort depuis plusieurs années n'est-ce pas ?
- Oui, mais je ne sais pas par quelle magie cet homme lui ressemble autant.
- Il ne doit pas être bien loin. Tu pourrais sortir pour le voir. Proposa Elliot à Leila qui se mit à la chasse du mystérieux Bradley.

Dès que Leila sortit du poste de police, elle vit l'homme qui semblait être son frère vouloir monter dans un taxi. Ce dernier lui lâcha un sourire moqueur comme s'il la reconnaissait aussi. Les doutes de Leila commençaient donc par se confirmer.

- Tu as pu le rencontrer ? C'est bien lui ? Demanda Elliot dès le retour de Leila au poste de police.
- Non. Je n'ai pas pu lui parler, mais je sais que c'est lui. Il m'a fait un sourire étrange. Je suis certaine que c'est lui.

À ce moment, Elliot se posait une question qu'il n'avait pas le courage de poser à sa collègue et amante. En effet, l'arrivée dudit frère disparu depuis des années coïncidait avec l'arrivée en ville d'une nouvelle substance. De plus, Gregory répondait aux critères de quelqu'un qui pouvait faire ce genre d'atrocité. Elliot pensa cela tout bas, mais pour le moment, il devait garder cela pour lui afin de ne pas secouer davantage sa bien-aimée. Le reste de la journée fut calme. Les seules avancées au niveau de l'enquête en cours étaient les résultats du laboratoire qui confirmèrent que jamais une substance de cette nature n'avait été commercialisée sur le continent.

Soit cette substance était une nouvelle invention soit elle provenait d'un autre continent puisqu'elle n'était pas répertoriée.

Tard dans la nuit, alors que Leila se préparait à dormir, elle se mit à penser à son frère et à tout ce qu'ils avaient vécu par le passé. Elle se souvint de toutes ces courses dans le jardin ou dans les escaliers. Elle se souvint de tous ces Noëls passés en famille, de ces fois où il l'accompagnait à l'école et la défendait face à ses camarades et autres. Elle ne pouvait se souvenir de tout cela sans se rappeler de ce matin de Noël qui a totalement bouleversé sa vie. Finalement, elle réussit à trouver le sommeil même si ce dernier n'était pas réparateur.

Le lendemain, alors qu'elle faisait son petit déjeuner, elle reçut un coup de fil. Sans prendre le temps de regarder le numéro qui l'appelait, elle décrocha.

- Miller.
- Bonjour Inspectrice Miller. Je suis Bradley Arlington. Je suis sûr que vous vous souvenez de moi.
- Gregory. Dit-elle en lâchant la poêle qui était dans sa main.
- C'est révolu la période où je portais ce nom, petite sœur. Dit-il.
- Donc, c'est ben toi ? Tu devrais être mort. Oui, tu devrais être mort. Je t'ai vu mort. C'est impossible que tu sois en vie. C'est impossible, tu es mort. Dit-elle en haussant le ton.

- C'est bien possible. J'ai décidé de revivre et donc je suis là. Je suis de nouveau là, ma petite sœur chérie. Je suis venu rattraper tout ce temps que nous avons perdu. Tu m'as beaucoup manqué, Lei.

Cela faisait bien longtemps que la jeune policière n'avait pas entendu ce surnom. D'ailleurs, seul Gregory l'appelait comme cela et ce surnom avait disparu avec lui.

- Comment se fait-il que tu sois en vie ? C'est tout ce qui m'intéresse. Dit-elle en larmes.
- Je vais tout te raconter, mais pas au téléphone. Je te propose d'arrêter de faire ton petit déjeuner. Nous allons prendre un café ensemble. Dit-il au grand étonnement de Leila qui ne savait pas comment il a pu faire pour savoir qu'elle faisait son petit déjeuner.

Leila accepta donc cette invitation qui allait être le moment de vérité. Le moment où des choses qui se sont passées il y a de cela vingt ans vont refaire surface. Les blessures du passé vont à nouveau s'ouvrir, mais tout cela était pour le bien de Leila qui allait avoir des réponses à plusieurs de ses interrogations. Après avoir raccroché d'avec son frère, Leila appela son bien-aimé et lui présenta la situation sans oublier de lui parler de son rendez-vous. Elliot se proposa alors de l'accompagner, ce qu'elle refusa catégoriquement. À l'heure du rendez-vous, une fois arrivée au lieu indiqué, Leila constata qu'elle était en avance. La jeune policière ressentait

un stress énorme à l'idée de revoir et de discuter avec
« un fantôme ».

- Lei. Dit Gregory qui venait d'entrer dans le
  café en s'approchant de la petite table autour
  de laquelle était assise sa petite sœur.

Leila ne répondit pas. Elle ne savait même pas si
elle devrait saluer son frère ou pas. Elle ne lui donna
pas la permission de s'asseoir, mais Gregory le fit
quand même. En le regardant de plus près, Leila vit
que Gregory avait bien changé durant ces deux
décennies. Il avait pris quelques rides et avait l'air de
mener une vie tranquille.

- Comment vas-tu, petite sœur ? Demanda
  Gregory.
- Nous n'allons pas faire comme si cela nous
  intéressait. Cela ne m'intéresse pas de savoir
  comment tu vas et comment je vais ne
  t'intéresses pas non plus.
- Je te comprends.
- Tu es loin de comprendre quoi que ce soit.
  Cela va faire bientôt dix-neuf ans que tu t'es
  fait passer pour mort et d'ailleurs, je me
  demande comment tu as bien pu réussir ton
  coup. Comment as-tu réussi à tous nous
  berner durant tout ce temps ? Pour moi, je
  peux comprendre, mais les parents… tu as
  vraiment fait un gros coup.

Gregory était donc sur le point de faire ses aveux.

- J'étais obligé de faire cela. Pour faire croire à la
  famille que j'étais mort, les parents n'étaient

pas un problème, mais toi par contre, tu en étais un.

- Que veux-tu dire par là ? Demanda Leila.
- Ce jour de Noël, j'avais décidé de mettre à exécution mon plan. Je n'avais pas réellement prévu qu'il marche, mais finalement ça a marché. Comme je l'ai toujours répété à nos parents, leur négligence allait un jour détruire notre famille.
- Encore une fois, que veux-tu dire par là ? Va droit au but et arrête de tourner autour du pot.
- À cette époque, j'avais quelques problèmes avec qui tu sais. Je lui devais de l'argent, beaucoup d'argent. Il fallait donc fuir de la ville sinon il allait me faire la peau. Au départ, c'était l'idée, mais finalement, je m'étais dit que personne ne recherchait les morts. Alors j'ai décidé de simuler ma propre mort pour que Pope et ses hommes me laissent en paix. Ma situation était désespérante, car en plus de Pope, j'avais d'autres hommes dangereux à dos à cause des jeux de paris qui m'ont totalement ruiné à l'époque. Bien avant le jour de Noël de cette année, j'avais pour plan de me suicider à la maison. Le plan était simple. Acheter une poupée de même taille que moi, l'habiller de mes vêtements de la veille de Noël, lui recouvrir la tête avec un petit sac noir, le suspendre au plafond et laisser le reste du plan se faire tout seul.
- Mais non, non, non. Ce jour j'avais vu ton

visage. Pourquoi me parles-tu d'un petit sac noir pour couvrir le visage ? J'ai bien vu ton visage.

- Tu n'as pas pu. C'est probablement ton esprit d'enfant de sept ou huit ans qui t'a joué des tours. Dit-il.

Après quelques secondes de silence, il reprit son histoire.

- Je savais que la première personne à ouvrir ma porte serait toi, car c'était Noël et les parents ne venaient presque jamais dans ma chambre. Alors, j'étais planqué de l'autre côté de la maison et j'observais toute la scène. Je savais que si tu avais découvert qu'il s'agissait d'une poupée, j'allais revenir vous dire qu'il s'agissait d'une blague et ensuite vous souhaiter un joyeux Noël. Au lieu de cela, tu es allé avertir nos parents qui se sont mis à pleurer dès qu'ils ont vu un corps suspendu dans le vide et ont vite couru appeler les ambulanciers sans savoir si c'était réellement moi.

- Que voulais-tu qu'ils fassent ? Demanda Leila.

- Qu'ils vérifient que c'est bien leurs fils. Ils sont bien trop négligents. Dès que mes amis ambulanciers sont venus, ils ont amené le mannequin et la suite, tu la connais. J'ai passé plusieurs années dans un pays voisin et je me suis refait financièrement avec diverses activités. Grande fut ma joie quand j'ai appris que Pope a été arrêté par ma sœur et une sorte de riche homme d'affaires, je ne sais pas trop.

- Il s'appelle Elliot et ce n'est pas une sorte d'homme d'affaires. C'est un homme d'affaires.

- Wow. Tu couches avec lui ?

- Tu n'es pas venu ici pour savoir avec qui je couche ou pas. Tu as un peu pensé à moi ? As-tu pensé à ce que j'ai vécu ce jour, les jours suivants et tous les Noëls qui ont suivi celui où je t'ai vu pendu ? Tu y as pensé une seconde ? D'ailleurs, que viens-tu faire ici ? Et pourquoi maintenant ? Pour reprendre les activités de Pope dans la ville ? Pour semer la terreur comme il a voulu le faire ?

- J'ai passé chaque jour de ces dix-neuf dernières années à penser à toi. À plusieurs reprises, je suis venu dans cette ville en douce pour savoir comment tu allais. J'aurais tant aimé entrer en contact avec toi, mais je ne pouvais pas.

- Tu ne pouvais pas ou tu ne voulais pas ?

- Un peu des deux.

- Et pour le film qui était posé au milieu de ton lit ?

- C'était pour rendre toute cette histoire crédible, mais aussi pour incriminer Pope pour l'assassinat de l'un de mes amis. Je savais que tu allais un jour te rendre compte du message.

Durant les trente secondes qui suivirent, Leila

resta silencieuse et fixait son frère. Elle le regardait et le dévisageait. La seconde d'après, elle ne lui posa plus aucune question sur sa disparition. C'était comme si elle venait de fermer cette page pour en ouvrir une nouvelle.

- Cette nouvelle drogue, tu y es pour quelque chose ? Je te pose cette question, car mon coéquipier brûle d'envie de le savoir même s'il ne me l'a pas encore demandé. Alors je te le demande. As-tu quelque chose à voir avec cette nouvelle drogue qui circule dans la ville ? Ou bien tu veux me dire que ta venue dans la cité dorée ainsi que celle de cette drogue sont des coïncidences ?
- Même si je te le dis, tu ne me croirais pas.
- Dis-le-moi alors Gregory. Et surtout, dis-moi la vérité.
- Je n'y suis pour rien. C'est juste une coïncidence.
- Tu mens et cela se voit comme le nez au milieu de la figure.

Pendant que les deux frères discutaient, un serveur leur apporta du café chaud qui dégageait une senteur esquisse.

- Battre Pope n'a pas été facile, mais je sais que te battre serait plus facile, car je te connais. Tout ce que je peux te dire c'est de te retirer avec tes produits de ma ville et d'aller pourrir la vie d'autres personnes. Je suis prête à faire n'importe quoi pour préserver ma ville des hommes comme toi, avide d'argent qui ne se soucie nullement de ce que les autres ressentent. Tu n'es qu'une vermine à éliminer et je te promets que je le ferai. Dit Leila sur un ton qui avait l'air d'une déclaration de guerre.

D'un mouvement subtil, Leila renversa la tasse de café sur son frère, se rapprocha de lui et lui souffla à l'oreille.

- Ça, c'est pour dix-neuf ans d'absence. Dit-elle en sortant du café.

Leila se dirigea vers le poste de police avec une détermination à résoudre l'enquête qu'elle n'avait jamais eue auparavant. Elle était déterminée à en découdre avec son frère si c'était vraiment lui qui se cachait derrière ce trafic. Une fois au poste, elle raconta tout son rendez-vous à Elliot qui lui était satisfait d'entendre qu'il y avait des chances que ce soit Gregory qui soit derrière ce trafic. Leila et Elliot se dirigèrent alors vers le bureau du commissaire pour prendre en charge à eux deux l'affaire de « la drogue jaune ». Le commissaire, ayant au préalable manifesté une réticence, a finalement accepté de confier ce dossier aux deux amoureux. Pour donc exécuter à bien leur enquête, Leila a exigé un bureau afin qu'ils soient à l'abri des regards indiscrets, mais aussi des taupes, ce qui fut accordé.

Une fois dans le bureau les deux amoureux se mirent au travail.

- Bon, nous n'avons pas suffisamment de temps et il nous faut résoudre cette affaire en moins d'une semaine. Dit Leila qui prit les rênes, ce qui n'avait pas l'air de gêner Elliot. Nous savons que ce produit est distribué dans presque tous les night clubs de la ville, ce qui voudrait dire qu'il y a un endroit où s'approvisionner ou quelqu'un chez qui le faire. Nous devons donc monter une petite armée pour surveiller le Night-Club One, Colombo Club et X Club.

- Pourquoi ces trois ? Demanda Elliot.
- Ce sont les trois plus grosses boîtes de nuit de la ville. Les surveiller nous permettra de mettre plus rapidement la main sur des dealers.
- Et par la suite ? Demanda Elliot qui avait l'air de faire totalement confiance à Leila.
- Le loup va interroger les gens afin d'avoir des informations.
- Quoi ? Tu veux vraiment que j'interroge des gens avec mon aspect de loup ? Demanda Elliot d'un air surpris.
- Oui. Je crois que cela va plus motiver nos amis à parler. Et puis, qui croira un dealer qui dira qu'il a été interrogé par un loup ?

Une petite armée de quatre policiers de confiance avait été formée. Ils étaient donc six agents à vouloir surveiller trois endroits. Chaque équipe avait pour mission de noter tout ce qui se passait entre huit et vingt-et-une heures. Cela faisait une sacrée attente, mais elle a fini par payer. En effet, dans cette journée, les trois night clubs ont reçu une livraison d'une blanchisserie presque à la même heure. Il y avait donc de fortes chances que l'entreprise qui produit cette drogue passe par la société de blanchisserie pour écouler ses marchandises.

9

Le lendemain, les choses étaient devenues pires dans les hôpitaux que les précédents jours. On comptait désormais une trentaine de décès liés à cette substance. Pour le moment, tout ce que le commissaire faisait était de mettre la pression sur les policiers afin qu'ils puissent arrêter celui qui était à la base de tout cela. C'était sur cette mission que se trouvait Leila. Grace au numéro matricule noté la veille, les camions avaient été retrouvés dans un entrepôt abandonné. Ce jour, ils étaient prêts à se mettre en route pour une nouvelle livraison quand Leila et Elliot les interceptèrent. Ce n'était pas un jour de chance pour ces pauvres hommes qui devraient alors se défendre face à un loup-garou. Très vite, Elliot se mit en colère, ce qui réveilla ses instincts de loup. Il se saisit de deux des quatre hommes présents sur place puis les balança contre le mur.

- Pour qui travaillez-vous ? Demanda-t-il avec sa
  voix de loup qui terrifiait les deux hommes à

terre avec probablement des côtes cassées.

- Nous n'en savons rien. Nous ne savons pas qui est le boss. Mais putain, qui êtes-vous ? Demanda l'homme qui avait la tête face au sol.
- Ce n'est pas suffisant comme réponse. Avez-vous envie de vous retrouver à nouveau contre le mur ? Demanda Elliot encore plus furieux, et tout ceci sous les yeux de Leila.

Leila vint alors auprès des deux hommes et prit leur téléphone. Deux des quatre hommes qui devraient faire des livraisons à deux endroits différents avaient reçu des appels d'un même numéro. Il n'en fallut pas plus pour déduire que c'était le boss ou du moins l'un des boss. Avant de s'en aller, Elliot s'assura de brûler les fourgons remplis de drogue avant de laisser les deux chauffeurs dans de piteux états.

Le propriétaire du numéro avait été retrouvé et interrogé de la plus brutale des manières possibles. Il a fini par avouer le fait qu'il travaillait sous les ordres d'un certain Bradley Arlington qui n'était personne d'autre que Gregory Miller ; le frère de Leila. La colère devenait encore plus intense. Cela faisait bientôt quatre jours qu'ils étaient sur l'affaire et les choses avançaient à grands pas. Pour le moment, Gregory était introuvable. Elliot avait mis tous les moyens nécessaires à disposition afin que Gregory soit retrouvé. Après trois longs jours recherche, Gregory avait été localisé dans le centre-ville. Leila, dès qu'elle eut cette information, s'arma en conséquence. Accompagnée de sa petite armée, elle décida de lancer discrètement l'assaut afin de débusquer Gregory et ses hommes.

Sur le chemin, Leila entendit son téléphone sonner. C'était le commissaire.

- Allô, Miller.
- Oui commissaire. Avez-vous besoin de quelque chose ?
- Où en êtes-vous dans votre enquête ? Demanda le commissaire.
- Nous avançons, mon commissaire. Nous sommes sur une piste prometteuse et d'ici quelques jours, toute cette histoire sera derrière nous.
- D'accord, mais vous devez stopper tout de suite ce que vous avez entrepris de faire. Je ne sais pas ce que vous êtes en train de faire, mais vous devez arrêter cela.
- C'est un ordre de qui, mon commissaire ?
- Mon ordre.
- Ne me mentez pas, commissaire. Je peux sentir dans votre voix que vous n'êtes pas fier de ce que vous dites. Vous avez certainement reçu une pression des gens de là-haut. Alors de qui s'agit-il ? Demanda Leila avec insistance.

Le commissaire resta silencieux.

- Mon commissaire, vous savez que tant que je n'aurai pas de réponse à cette question, je ne vais pas vous lâcher. Alors qui est-ce ?

- Le maire de la ville. Apparemment, ce Bradley est l'un de ses protégés.

Dès que Leila entendit le nom d'emprunt de son frère, elle se posa des questions.

- D'abord, il ne s'appelle pas réellement comme cela. Son vrai nom est Gregory Miller et c'est mon frère. Ensuite, vous souhaitez que j'abandonne cette enquête et que des milliers d'autres personnes meurent, c'est cela ? Enfin, comment savez-vous que ce Bradley est le premier suspect sur notre liste ?
- C'est le maire qui me l'a dit. Apparemment, Bradley aurait demandé protection auprès de lui. Écoutez, vous savez sûrement ce que vous faites, mais lâchez quand même l'affaire. Dit le commissaire avant de raccrocher.

Dès que Leila rangea son téléphone, elle se mit à sourire, car le commissaire venait de lui passer un code. En effet, la phrase « vous savez sûrement ce que vous faites » était un code utilisé par le commissaire pour dire « j'ai entièrement confiance en vous, foncez ». Le commissaire avait peur, mais sa conscience lui dictait ce qu'il avait à faire, c'est-à-dire laisser Leila capturer cet homme. Une fois sur les lieux et après avoir quadrillé le secteur, les agents de police commencèrent par se mettre en position. En effet, il s'agissait de l'une des nombreuses petites usines que Gregory avait installées un peu partout en ville. Gregory était bel et bien là et sentant le danger s'approcher, il tenta de s'enfuir avec l'une des voitures se trouvant sur le parking.

- Tu comptais aller où, grand frère ? Demanda Leila qui tenait son frère en joue.
- Lei. Dit-il en s'arrêtant. Je ne suis pas armé. Dit-il en levant les bras vers le ciel.
- Je sais. À te voir, on le sait.
- Alors tu peux me laisser filer ? Je te revaudrai ça.
- Sais-tu le mal que tu as fait en quelques jours dans cette ville ? Des dizaines de familles ont perdu leurs proches par ta faute. Qu'est-ce que cela a bien pu te rapporter ? Un million ? Deux ? Trois ? Combien ? Demanda Leila en haussant le ton. Tu mérites de payer.
- Oui, la prison. Dit Gregory qui savait que ses chances de s'en sortir étaient élevées, car il avait de bonnes relations.

Leila le savait également.

- Tu sais, petite sœur, tu es une bonne personne. Je sais que j'ai été absent ces derniers temps, mais sache que j'ai toujours pensé à toi. Attends, je vais te montrer quelque chose. Dit-il en voulant mettre la main dans la poche intérieure de son costume pour en faire sortir son portefeuille.

Leila à cet instant ne se posa pas de question. Elle ouvrit le feu sur son frère. Elle le neutralisa avec trois balles en pleine poitrine.

Elle se rapprocha de lui.

- Ça, c'est pour tout le mal que tu as fait.

L'affaire était donc résolue. Leila a déclaré avoir tiré sur le suspect, car elle le pensait armé. Elle eut le soutien de Elliot, de son commissaire, de toute la ville et surtout celui des proches des nombreuses victimes de cette substance qui trouvaient son acte héroïque.

FIN

ISBN-13: 978-2-493864-08-6

9 782493 864086